LOISIRS D'UN VIEILLARD

ou

MÉLANGES POÉTIQUES,

Par N.-R. CAMUS-DARAS.

A RHEIMS,

CHEZ E. LUTON, IMPRIMEUR-LIBRAIRE,
PLACE ROYALE, 5;

ET BRISSART-BINET, LIBRAIRE,
RUE DU CADRAN-SAINT-PIERRE, 5.

1845.

LOISIRS

D'UN VIEILLARD,

ou

MÉLANGES POÉTIQUES.

LOISIRS D'UN VIEILLARD

OU

MÉLANGES POÉTIQUES,

Par N.-R. CAMUS-DARAS.

RHEIMS,
IMPRIMERIE DE E. LUTON,
PLACE ROYALE, 5.

—

1845.

LOISIRS D'UN VIEILLARD.

Première Partie.

DISTIQUES.

Bien drôle est notre monde : il faut, pour être heureux,
Y venir, dit Platon, sans oreille et sans yeux.

Sommet, bas et milieu, tout en abus abonde.
Quand donc finiront-ils? — Quand finira le monde.

Bien fou qui prend pour vrai ce qui n'est qu'apparent.
Sous de brillants dehors que d'ordures souvent !

Flatter est l'art des cours : pour s'en ouvrir la voie,
Il faut que l'on y porte une langue de soie.

Assez semblables sont et monarque et coquette :
De tous deux par l'oreille on obtient la conquête.

L'Evangile nous dit : Respectez le pouvoir;
Mais au maître des rois réservez l'encensoir.

Gouverner les humains n'est pas petit labeur :
Là l'épine surtout se cache sous la fleur.

La clémence est des rois le plus bel attribut :
Plus que vingt bataillons elle fait leur salut.

Titres, cordons, rubans, ne sont que des joujoux,
Et pourtant tout en veut, les sages et les fous.

De nos distinctions que le sort est bizarre !
Le talent les fait naître, et le sot s'en empare.

S'enfler de sa noblesse est petitesse vaine :
Jeune, elle est sans éclat; vieille, elle est incertaine.

Fortune et modestie ensemble habitent peu :
Souvent, quand le cens vient, le sens nous dit adieu (*).

Aux meubles de nos jours ressemblent les esprits :
Enlevez le plaqué, vous enlevez le prix.

Sottise et vanité logent sous même toit :
Tout tortu que l'on est, on veut passer pour droit.

L'esprit rate souvent ce qu'obtient la sottise.
Où triomphe le sot, l'homme d'esprit se brise.

Un cœur noble ici-bas rarement réussit :
On ne grandit qu'autant que l'on se fait petit.

Toujours à ses côtés le tyran voit l'effroi.
C'est un loup pour autrui, mais un lièvre pour soi.

(*) *Conveniunt rarò sapiens et copia rerum:*
Census ubi fuerit, vix ibi sensus erit.

Ayez femme jolie ou bien esprit rampant,
La porte des honneurs s'ouvre à double battant.

○✕○

Pour faire dans ce monde un rapide chemin,
Que faut-il? Bouche d'or, cœur de fer, front d'airain.

○✕○

Vous rend-on un service, embouchez la trompette;
Le rendez-vous, tenez votre bouche muette.

○✕○

La lenteur au bienfait ôte son agrément :
Voulez-vous plaire, ouvrez votre main sur-le-champ.

○✕○

Du bienfait sur les cœurs qui n'admire l'effet?
Plus il est étendu, moins il se reconnaît.

○✕○

Trop devoir est un poids : aussi, maint potentat,
Envers qui le fit tel, est-il souvent ingrat (*).

(*) Les services que les rois ne peuvent reconnaître les
rendent ordinairement ingrats : un homme de qui ils ont
beaucoup reçu semble être en droit de leur demander beaucoup ; et quiconque a le droit de tout demander, importune
lors même qu'il ne demande rien. (*Révolutions d'Angleterre*,
par le P. d'Orléans.)

Insensé qui se fie à la langue de miel !
Sous elle, dit Maron, se cache un cœur de fiel.

❀

En vain au grand galop le criminel s'enfuit :
La peine, au pied boiteux, tôt ou tard le saisit (*).

❀

La vipère en naissant est fatale à sa mère ;
Tel est aussi le crime : il fait mourir son père.

❀

Malheur à qui ne vit que de mets succulents !
Il creuse son cercueil avec ses propres dents.

❀

Exercice léger, repas court, gais propos,
Ce sont trois médecins qui chassent bien des maux.

❀

Que de beau, que de laid nous présente Paris !
Là, le ciel et l'enfer paraissent réunis.

❀

Si j'en crois maintes gens, Paris gâte les belles ;
Soit, mais aussi Paris est bien gâté par elles (**).

(*) *Rarò antecedentem scelestum*
   Deseruit pede pœna claudo. (HOR. Od. III, lib. III.)

(**) On a fait à Voltaire l'épitaphe suivante :
   Ci-gît l'enfant gâté du monde qu'il gâta.

1*

Bon Paris, dors en paix : au dedans, au dehors,
Te voilà bien pourvu de soldats et de forts.

Nous nous disons chrétiens, et l'or est notre Dieu !
Du Christ en vérité c'est bien se faire un jeu.

Qu'on soit conservateur, carliste ou radical,
Tout pour soi, rien que soi, c'est le cri général.

Je suis conservateur, disait un vieux Crésus.
— Oh ! je n'en doute pas, vous vivez en Irus.

Au temple de Plutus hommes et femmes volent ;
Mais à peine montés, combien en dégringolent !

Le riche et vaste hôtel que se bâtit Robin !
—Pour en sortir cloué dans quatre ais de sapin.

La mort est un voleur que rien ne rassasie :
Il lui faut à la fois et la bourse et la vie.

Du tissu de nos jours voulez-vous une image :
De la frêle Arachné considérez l'ouvrage.

Les hommes, dites-vous, n'ont jamais valu rien.
Visitez les tombeaux : tous furent gens de bien.

Tel fut de sa famille en son vivant haï,
Qui, mort, se dit bon fils, bon père, bon mari.

La vanité s'assied sur la cendre des morts :
C'est pour se décorer qu'on l'orne de décors.

Croit-on par un tombeau perpétuer son nom,
Lorsque l'on cherche en vain la place d'Ilion?

Chaumières et palais, le temps nivelle tout;
Hors le séjour de Dieu, rien ne reste debout.

Par le même omnibus se mènent chez Pluton,
Autocrate, manant, princesse, cendrillon.

Sous tant d'aspects divers le trépas nous poursuit,
Qu'on doit tenir pour gain le jour dont on jouit.

Fou qui d'un œil jaloux voit le trône des rois!
Relevez le tapis : c'est un morceau de bois.

Que sont les compliments aux princes adressés ?
—Des mets cent fois servis et cent fois réchauffés.

o⚬o

Sur les hommes de cour ne faites jamais fond :
Ce sont des tuyaux d'orgue : il n'en sort que du son.

o⚬o

De quel gain est au pauvre un changement de maître ?
Ce qu'il était avant, il se trouve encor l'être (*).

o⚬o

Songeons aux coups du sort, alors qu'il nous sourit :
Tel commence très-bien, qui tristement finit.

o⚬o

L'espoir est un ami que donne le malheur :
Il vient, lorsque tout fuit, partager la douleur.

o⚬o

Avoir si peu d'esprit avec six pieds de haut !
—Du géant, dit Buffon, la sottise est le lot.

o⚬o

Enigme et jeune fille ont mêmes résultats :
Sitôt qu'on les pénètre, on n'en fait plus de cas.

(*) *In principatu commutando civium,*
    Nil præter domini nomen mutant pauperes.

Ainsi que le phénix est le constant amour :
Il existe, dit-on, mais qui sait son séjour ?

⊙⤩⊙

Une tendre rosée, une vapeur légère,
Telle est de la beauté l'image passagère (*).

⊙⤩⊙

Epouser femme riche est un acte de fou :
D'une chaîne dorée on se charge le cou.

⊙⤩⊙

La foudre sur les monts exerce ses fureurs :
Ainsi qu'elle, l'envie attaque les hauteurs.

⊙⤩⊙

Nos temples, que sont-ils? Des salles de concerts;
Otez-en la musique, ils n'offrent que déserts.

⊙⤩⊙

Tous les papes sont saints, je le crois; et pourtant
Combien sont dits pieux? Sept hélas! seulement.

(Allusion au mot *Pie*.)

⊙⤩⊙

Conduits par un lion, cent cerfs sont intrépides,
Mais, conduits par un cerf, cent lions sont timides.

(*) *Quid flos est formæ, nisi ros qui sole liquescit?*
Bella quid est species? nil nisi bulla fugax.

QUATRAINS.

Il est un Dieu.—Qu'est-il?—Comme vous je l'ignore.
Le fini ne saurait comprendre l'infini;
Mais tout dans l'univers me l'annonce à l'envi;
Tout me dit : Courbe-toi. Je me courbe et l'adore.

Je suis de droit divin ton seigneur et ton maître,
Disait un gentillâtre à l'un de ses vassaux.
—Oui, répond le vilain, si Dieu nous a fait naître,
Vous, éperons aux pieds; moi, selle sur le dos.

Qu'est-ce que l'Univers? Une immense cité,
Où petits, comme grands, ont droit de bourgeoisie,
N'importe quel quartier soit par eux habité,
Que leur teint soit de neige, ou de bronze, ou de suie.

Opprimer la pensée est plus qu'ôter la vie :
Car sans elle qu'est l'homme? Un animal. *Ergò*,
D'un don qui nous est propre éteindre le flambeau,
C'est le *vis ultima* de toute tyrannie.

La royauté chatouille, et je ne sais pourquoi,
Car de tous les métiers c'est le plus difficile,
Et tels sont ses devoirs, qu'à peine sur un mille,
Si l'on en croit un saint, il se sauve un seul roi (*).

Quelle que soit sa forme, un état porte en soi
Un vice que ne peut corriger la prudence.
Est-on républicain, on tend vers la licence;
On risque d'être esclave en se donnant un roi.

(*) « J'estime, écrivait saint Guillaume à Robert, roi de
France, que, dans tous les rangs des hommes, il n'y en a
point où le nombre de ceux qui doivent être sauvés soit aussi
petit que dans celui des rois. »

« Les lois, dit Fénélon, confient au roi les peuples comme
le plus précieux des dépôts, à condition qu'il sera le père de
ses sujets. Elles veulent qu'un seul homme serve, par sa
sagesse et par sa modération, à la félicité de tant d'hommes,
et non pas que tant d'hommes servent, par leur misère et leur
lâche servitude, à flatter l'orgueil et la mollesse d'un seul
homme. Le roi ne doit rien avoir au-dessus des autres,
excepté ce qui est nécessaire, ou pour le soulager dans
ses pénibles fonctions, ou pour imprimer au peuple le respect
de celui qui doit soutenir les lois..... Ce n'est point pour lui-
même que les Dieux l'ont fait roi : il ne l'est que pour être
l'homme des peuples. » (*Télémaque*, liv. v.)

Peuple et roi sont changeants : l'un ressemble à Neptune;
Insensé qui sur lui croit fixer sa fortune !
L'autre est du naturel d'une foule d'amants :
Sa promesse s'écrit sur les ailes des vents.

☜☆☞

Qui veut bien gouverner doit être impopulaire,
De nos hommes d'état c'est là le grand dicton.
Donc ô toi, qui du peuple es surnommé le père,
Vénérable Louis, tu ne fus qu'un oison.

☜☆☞

Des ministres, depuis le fondateur des lys,
J'ai, d'un œil attentif, parcouru l'historique.
—Combien de bons?—Autant que, chez un satirique,
De fidèles moitiés se comptent dans Paris (*).

☜☆☞

Mon fils, disait un duc dans l'intrigue nourri (**),
Encense, quel qu'il soit, un puissant favori,
Tiens même le bassin de sa chaise percée,
Pour en coiffer l'idole alors qu'elle est brisée.

(*) Il en est jusqu'à trois que je pourrais citer.

(BOILEAU, *Sat.* x.)

(**) «Ce duc était le maréchal de Villeroi, gouverneur de
Louis XV ; il disait aussi : Quelque ministre des finances qui
vienne en place, je déclare d'avance que je suis son ami et
même un peu son parent. »

D'où vient, demandait-on au ministre Walpole,
Que d'un Whig (*) si souvent vous trempez le gosier?
Du vannier, répond-il, je fais ici le rôle :
Pour le rendre flexible, il trempe son osier.

* * *

L'échelle des honneurs est toujours incertaine :
Tel monte un échelon, qui veut en monter cent ;
Mais soudain le pied glisse, et voilà l'imprudent,
Au milieu des sifflets, frappant du nez l'arène.

* * *

Dans un gala de cour un quidam s'enivra :
On le chassa. L'ivresse est chose inconvenante,
Excusable pourtant elle est en ce lieu-là,
La coupe du pouvoir étant très-enivrante.

* * *

On devrait bien rogner l'assiette des impôts,
Disait un campagnard à certain centripète.
—Ah! d'un républicain voilà bien le propos.
Vous voulez donc, mon cher, qu'on rogne notre assiette.

(*) Wigh (*très-petite bière*), sobriquet donné, sous les
règnes de Charles II et de Jacques II, à ceux qui étaient
contre les intérêts de la cour ; en revanche, ceux-ci donnè-
rent aux royalistes celui de Tory (*voleur irlandais*).

Ces budgets, dont l'ampleur va toujours en croissant,
Que sont-ils? Le tonneau des pâles Danaïdes.
Là des peuples, en proie à mille mains avides,
S'engloutissent sans fin l'or, la sueur, le sang.

●✕●

Comptez ce que je donne, est le cri populaire;
Donnez-nous sans compter, celui des courtisans.
Le peuple est de l'état l'abeille nourricière;
Les courtisans en sont les frélons dévorants.

(Marie Leckzinska, femme de Louis XV.)

●✕●

L'habit brodé, qu'est-il? l'habit du courtisan.
Or, nous dit un auteur d'une autorité grave,
Le courtisan, qu'est-il? un esclave élégant.
Ergò l'habit brodé n'est qu'un habit d'esclave.

(La Bruyère.)

●✕●

Grand démagogue et pauvre était maître Rolet;
Grand royaliste et riche est aujourd'hui cet homme.
Oh! combien des honneurs merveilleuse est la pomme!
A peine l'on y mord que tout autre l'on est.

●✕●

Autrefois le serment était chose sacrée,
Tout Janus s'estampait d'un éternel mépris.
Aujourd'hui le serment n'est plus qu'une denrée :
Plus de fois il se vend, plus il acquiert de prix.

D'or, d'honneurs, de serments chargé tout à la fois,
Caméléon se plaint d'une douleur horrible.
—En quel endroit?—Au cœur.—Cela n'est pas possible:
Où ne se trouve rien, nature perd ses droits.

⊙⚹⊙

Donne-moi de l'argent, et mon âme est à toi,
Dit un jour à Satan un ex-prince de Rome.
—Qui, moi, pour du fumier donner de l'or! oh! comme,
Si je faisais ce troc, tu te rirais de moi.

> (Mot de Mirabeau sur l'évêque d'Autun.)

⊙⚹⊙

Pour compter dans l'état, que faut-il? des écus,
Fussent-ils le produit des plus vils artifices.
—Mais quoi! la probité, le talent, les services.....
—Pauvretés que cela! point d'écus, point d'élus.

⊙⚹⊙

Pourquoi, demandait-on à certain journaliste,
Se hâte-t-on sitôt d'oublier les bienfaits?
C'est, dit en ricanant ce nouveau casuiste,
Que la reconnaissance est la vertu des niais.

⊙⚹⊙

Qui ne sait (mais hélas! tant nous sommes étranges!
Nous avons beau savoir, nous agissons en sots)
Que dans la main des grands nous sommes des oranges,
Qui, n'ayant plus de jus, se jettent aux pourceaux.

Mendiez sur un char à de brillants panneaux,
De pièces d'or sur vous tombe une épaisse pluie;
Mais mendiez pieds nus et la besace au dos,
A peine obtenez-vous croûte de pain moisie.

◦⊰✕⊱◦

Toujours l'avidité croît avec la fortune.
Une hauteur franchie en fait voir encore une;
Et tout en s'élevant de hauteur en hauteur,
On se rend malheureux à force de bonheur.

◦⊰✕⊱◦

Le propre du succès est d'enivrer les cœurs,
Mais la fortune est femme, et souvent l'infidèle,
Au moment qu'on se croit le plus assuré d'elle,
Dans le camp ennemi va porter ses faveurs.

◦⊰✕⊱◦

Que dit de ce fauteuil le chevalier Mongrôles ?
Je l'ai fait ces jours-ci rembourrer fortement.
—Il est, Madame Alix, comme le temps présent :
Il fait lever les épaules.

◦⊰✕⊱◦

Tout est perdu fors l'honneur,
Disait un roi du seizième âge (*).
Aujourd'hui l'on dit : Quel bonheur !
L'honneur seul a fait naufrage.

(*) François Ier.

Ecrivassier fécond, un député ventru
Protestait que jamais il ne s'était vendu.
—Oh ! c'est la vérité, s'écrie un sien confrère,
Car ce matin encor me l'a dit son libraire.

Heureux Pantin ! avoir une si bonne place !
—Je ne sais pas, d'honneur ! d'où me vient cette grâce ;
Briguer n'est pas mon fait. Ma femme seulement
S'est donné, m'a-t-on dit, un peu de mouvement.

De gueux devenu riche, Alidor aujourd'hui
Ne me reconnaît plus quand devant lui je passe.
—Peux-tu bien t'affliger d'une telle disgrâce ?
Quand on se méconnaît, reconnaît-on autrui ?

Sur le pont Neuf gisait un mauvais vase étrusque,
Et tout près une vieille implorant les passants.
Vient un savant : le vase est payé deux cents francs,
Et la vieille reçoit un *non* dit d'un ton brusque.

Tel de bienfaisance brille
Dans un discours d'apparat,
Qui d'un père de famille
Fait vendre jusqu'au grabat.

Qu'un Crésus vienne à faire un don,
Il fait sonner mainte trompette;
Mais don publié perd son nom :
Charité doit être secrète.

⁂

L'homme est en général d'une étoffe bien mince,
Disait un gentilhomme au blasé Louis XV.
Il faut, pour l'estimer, n'être ni confesseur,
Ministre, ni prévôt. — Ni roi surtout, monsieur.

⁂

Au diable les faiseurs d'insipides harangues!
S'écriait un monarque à trente ans grisonné,
Voilà le triste fruit de ces vénales langues,
Qui feraient un lion d'un âne couronné.

⁂

Un délateur un jour aborde Vespasien.
—Prince, on a cette nuit mutilé votre image.
—En quel endroit?—Au front.—Lors, tâtant son visage:
Vous vous trompez, mon cher, il ne me manque rien.

⁂

Délateurs et corbeaux ont même humeur vorace ;
Seulement sur la proie on les voit différents.
Le corbeau se nourrit d'une vaine carcasse,
Lorsque le délateur se nourrit de vivants.

O mort, rends-nous Molière : il nous pleut des Jourdains.
Tout, jusqu'à l'épicier, s'anoblit, s'écussonne,
Et bientôt dans ses murs, comme autrefois Vérone (*),
Paris ne verra plus que des comtes-vilains.

❖

Un navire sautait de la cave au grenier.
Qu'allons-nous devenir, demande l'aumônier?
—Des habitants du ciel, si le vent se conserve.
—Ah! que d'un tel malheur le bon Dieu nous préserve!

❖

Un marchand sur sa porte attendait les chalands.
Passe près de sa loge un couple de manants.
—Que vendez-vous, dit l'un?—Des têtes d'ânes.—Peste!
Grand en est le débit : une seule vous reste.

❖

Des noirs dans un dîner on parlait chez Vatable,
Gros Midas, qui jamais ne rêve que ducats.
De ces gens, disait-on, la traite est détestable.
—Qu'on la proteste donc, crie aussitôt Midas.

❖

Si je régnais, disait une dame en riant,
Je serais à ma fête une drôle de reine.
      Au lieu d'attacher maint ruban,
      Je détacherais mainte chaîne.

(*) Charles-Quint, passant à Vérone, en fit comtes tous les habitants.

Tout se pardonne aux gens d'une certaine classe ;
Mais pour un rien, hors d'elle, on n'est pas épargné.
Les lois sont, qui l'ignore ? un tissu d'Arachné :
Petite mouche est prise, et grosse mouche passe.

Tels semblent de ce monde être les vrais élus,
Qui traînent en secret le poids de la souffrance.
Roi du Pinde et brillant de lauriers et d'écus,
Voltaire a maintes fois maudit son existence (*).

(*) Voici ce que Voltaire écrivait au comte d'Argenson :

22 Juillet 1752.

Quelquefois je songe à tout ce que j'ai essuyé, et je conclus que, si j'avais un fils qui dût éprouver les mêmes traverses, je lui tordrais le cou par tendresse.

3 Octobre 1753.

Le songe de ma vie est un cauchemar perpétuel.

24 Novembre.

Les malheureux qu'on représente au théâtre sont au-dessous de tout ce que j'éprouve.

Deux personnes se sont tuées ces jours passés ; elles avaient pourtant moins à se désespérer que moi.

11 Mars 1756.

Ma destinée est d'être je ne sais quel homme coiffé de trois ou quatre petits bonnets de lauriers et d'une trentaine de couronnes d'épines.

On court à Lacordaire, on court à Ravignan (1);
Mais d'une ardeur égale on s'empresse au théâtre,
Et Paris, tour-à-tour catholique, idolâtre,
Déjeune chez le Christ et dîne chez Satan.

***

Que d'amis, lorsque l'or dans notre coffre sonne!
Mais le son cesse-t-il, on ne voit plus personne.
Telle est l'ombre : elle suit quand le ciel est serein;
Devient-il nébuleux, elle s'enfuit soudain.

***

En vins délicieux la cave abonde-t-elle,
D'un long torrent d'amis s'inonde le salon.
Vient-elle à se vider, adieu le tourbillon :
Ainsi boit la sangsue, ainsi fuit l'hirondelle.

***

Plus de nos frêles jours s'allonge la carrière,
Plus de l'espèce humaine augmente le dégoût :
Bassesse et vanité, tyrannie et misère,
Voilà ce qui se voit en tout temps et partout.

***

Un âne bien paré portait un dieu d'argent;
Le peuple se prosterne, et l'âne se prélasse :
Ainsi va se carrant maint petit gouvernant,
Qui prend pour lui l'encens que l'on donne à sa place.

(*) Prédicateurs célèbres.

2

Sous un habit troué le vice entier se voit,
Mais de brillants tissus en cachent l'infamie :
Et tel à bras ouverts en tous lieux se reçoit,
Qui dit : Ah ! mon habit, que je te remercie !

Pour sauver son pays, Codrus se dévoua ;
Pour asservir le sien, César l'ensanglanta,
Et pourtant, de Codrus qui prend le nom ? personne,
Quand de César partout le nom pompeux résonne.

Dans un cercle de cour l'esprit toujours pleuvait.
Ah ! murmure une dame en se frottant la tête :
Roses et beaux-esprits produisent même effet,
Une rose plaît fort, mais un grand nombre entête.

Le plus grand des défauts, dans le siècle où nous sommes,
C'est la timidité. Rien plus qu'elle ne nuit.
Un sot audacieux est un très-bel esprit ;
Un bel esprit timide est le plus sot des hommes.

Souffrante et vingt fois même aux portes du trépas,
Reine, encore novice, accouchait avec peine.
L'enfant vient : c'est un fils. Ah ! dit aussitôt Reine,
Que loué soit le ciel ! il n'accouchera pas.

Sur l'accouchement prompt d'une auguste princesse,
D'un heureux calembour le brelan eut l'honneur.
     Je suis de jeu, dit son Altesse;
Je passe, dit l'enfant; je tiens, dit l'accoucheur.

❂⟐❂

Le bel enfant qu'au jour a mis la belle Orfeuil!
Mais, ô bizarre sort! comme elle il n'a qu'un œil.
De ton œil, bel enfant, fais présent à ta mère:
Elle sera Vénus; toi, le dieu de Cythère.

❂⟐❂

Ma Christine, disait le père Boniface,
Fait bien qui prend mari, mais fait mieux qui s'en passe.
—Papa, répond Christine avec un air joyeux,
Faisons toujours le bien en attendant le mieux.

❂⟐❂

Bien trompeur est souvent le pays de l'hymen.
Jeune fille s'en fait une riante image;
Mais à peine en a-t-elle abordé le rivage,
Qu'en un enfer bientôt se change son Eden.

❂⟐❂

Quel malfaisant génie, adorable Surville,
A pu vous imposer un si vilain mari?
—On ne peut en amant être trop difficile;
Mais un mari se prend comme Dieu l'a bâti.

Voulez-vous, Sylvia, vous rendre désirable,
N'allez pas trop sourire à qui vous fait la cour :
Dès qu'un amant est sûr d'inspirer de l'amour,
Il oublie aisément de se montrer aimable.

Anna, tous les matins, badigeonne sa face.
Soins perdus : c'est toujours une vieille carcasse.
Le temps se rit de l'art : une fois envolés,
Les attraits, dans leurs nids, sont en vain rappelés.

Déesse dont jamais la beauté ne s'altère,
Je viens sur tes autels déposer ce miroir ;
Je n'y vois plus mes traits tels qu'ils étaient naguère,
Tels qu'ils sont aujourd'hui je ne puis les y voir.

(Laïs à Vénus.)

Honneur à la beauté ! disait un roi Français,
Moins vives sont les fleurs nouvellement écloses ;
Et, quel que soit l'éclat dont brillent nos palais,
Une cour sans beautés est un printemps sans roses.

Homme de soixante ans et femme de cinquante,
Au jardin de l'hymen doivent-ils être admis ?
Non, voisin ; car en eux je ne vois qu'une plante,
Ici manquant de sève, et là manquant de fruits.

Prendre, alors qu'on est jeune, une vieille matrone,
C'est en jours nébuleux transformer ses beaux jours.
Prendre, alors qu'on est vieux, une jeune pouponne,
C'est chez soi, pour autrui, convoquer les amours.

Sans cesse contre moi mon époux est grondant,
Et ce que veut Monsieur, je le veux cependant.
    Il veut être le maître;
    Moi je veux aussi l'être.

O mon Dieu, que c'est dur! s'écriait une femme,
En suivant le convoi d'un mari libertin;
Et chacun d'admirer la bonté de son âme.
Ce cri, qui le causait? un caillou dans sa main.

A soixante ans passés singer les damoiseaux!
Se noircir les cheveux! se farder le visage!
Quelle folie, Albin! La Parque sait notre âge:
Que l'on soit blanc ou noir, on subit ses ciseaux.

Satan se défait-il d'une femme coquette,
Dieu la voit aussitôt convoler dans ses bras.
De Satan ou de Dieu, qui plaindre? N'est-ce pas
Dieu qui prend le fardeau que le diable rejette?

Eh quoi, musquée encor de la tête au talon !
De cet usage-là défais-toi donc, Glycère.
L'art de se parfumer n'est pas celui de plaire :
Mon chien, si je voulais, sentirait aussi bon (*).

○✕○

Un paquet sous le bras, un modeste tailleur
Voit passer un convoi conduit par un docteur.
Tailleur et médecin ont, dit-il, même usage :
Tous deux à la maison reportent leur ouvrage.

○✕○

Certain Mondor, aux yeux d'un curé de village,
Faisait de ses trésors un pompeux étalage.
—Monsieur, dit le pasteur, lorsque la mort viendra,
Combien vous souffrirez de quitter tout cela !

(*) Prendrai-je des essences, dit, dans une des comédies de
Plaute, une jeune courtisane à sa servante ? — Non. —
Pourquoi ? — Une femme, pour sentir bon, ne doit sentir
rien du tout. Lorsque de vieilles édentées, qui croient réparer
la perte de leurs attraits en se plâtrant le visage, se sont
parfumées d'essences, et que la sueur s'est mêlée avec les parfums, il en est de l'odeur qu'elles exhalent comme d'une
multitude de sauces différentes qu'un cuisinier mêlerait ensemble : vous trouvez qu'elles sentent mauvais, sans pouvoir
dire ce qu'elles sentent.   (*Le Fantôme, act. I., sc. III.*)

Dans quarante combats Mortier (*) brave la mort,
Et la mort le saisit au milieu d'une fête.
Sur quels flots nous roulons! sauvés de la tempête,
Un exécrable coup nous attend dans le port.

◦❇◦

Qu'est-ce que notre vie? un combat continu
Où, perdant par degrés une impuissante armure,
On est je ne sais où précipité tout nu,
Par un spectre toujours vivant de pourriture.

◦❇◦

La nature, en formant la princesse Marie (**),
Avait à la vertu réuni le talent.
La mort souffle : elle tombe à peine épanouie.
Vertu, talent, hélas! n'ont brillé qu'un instant.

(*) Le maréchal de Trévise, tué à côté du roi, sur le boulevard du Temple, dans une revue de la garde nationale de
Paris.

(**) Cette princesse, fille du roi Louis-Philippe, morte à
l'âge de 24 ans, fut un ange que le ciel ne fit que montrer à
la terre. La statuette de Jeanne d'Arc est une œuvre nationale
qui l'immortalise. Combien est petit auprès d'elle le philosophe de Ferney, se faisant le cygne de viles grisettes de
cour et le corbeau d'une jeune bergère qui, sous l'étendard de
la religion et de la patrie, arracha la France aux serres d'Albion, et dont un bûcher fut la récompense!

Que d'inutilités, vrai fardeau de la terre,
Traînent un corps tremblant sous les ans d'un Nestor,
Tandis que, de vigueur tout radieux encor,
S'éclipsent des flambeaux dont la patrie est fière !

❂

Heureux, sois sans orgueil; malheureux, souffre en paix :
Des portes du bonheur le malheur est tout près.
Tel a couché sur l'or, qui couche sur la paille ;
Et tel est encensé, qui s'appelait canaille.

❂

    Des biens qui sont en ta puissance
    Jouis comme étant né mortel,
    Mais règle aussi ta jouissance
    Comme devant être immortel.

❂

Je suis pauvre, disait certain cadet gascon ;
Mais las! à qui la faute? à monsieur mon cher père :
Ne s'avisa-t-il pas (quel horrible guignon !)
De bâtir avant moi mon très-honoré frère !
               (Le droit d'aînesse.)

❂

Au milieu de son or en monceau s'élevant,
Grapin, tout vieux qu'il est, vivote en indigent.
A qui le comparer? à ce mulet superbe
Qui, chargé d'or aussi, se nourrit d'un brin d'herbe (*).

(*) Jadis des mulets portaient l'argent du fisc. *Unus ferebat*

Sur sa porte fumait le brasseur Lalondrelle;
Vient Berthe, tendre fleur invitant le baiser.
—Je voudrais de la bière.—Entrez, Mademoiselle,
Avec quel doux plaisir je vais vous en-brasser!

•※•

Vénus s'était un jour en guerrier revêtue:
Allons, lui dit Pallas, combattons maintenant.
Téméraire, répond Vénus en souriant,
Armée ai-je à trembler, quand je vous vainquis nue (*)?

•※•

Quelle taille élevée a le baron Lafage!
—C'est là tout, car l'esprit est bien petit chez lui.
—Ainsi d'une maison est le plus haut étage:
C'est celui qui toujours se voit le moins garni.

•※•

De toi, belle Anaïs, tout ne dit que du bien,
Et dans toi cependant je découvre un grand vice.
Tu n'as pas, apprends-le, d'égale en avarice:
Tu ravis tous les cœurs, et conserves le tien.

---

fiscos cum pecuniá, dit Phèdre dans la fable des *Mulets et
des Voleurs*.

(*) *Armatam vidit Venerem Lacedæmone Pallas.*
   Nunc certemus, ait, judice vel Paride.
  Cui Venus : Armatam tu me, temeraria, temnis,
   Quæ, quo te vici tempore, nuda fui. (AUSONE.)

2*

Chez un naturaliste un vieux soldat dînait.
On parle de volcan : Parbleu! dit Laramée,
Personne mieux que moi ne dira ce que c'est.
—Eh bien! dis.—C'est, Monsieur, un fournisseur d'armée.

(Vole-camp.)

◦※◦

Deux courtisans couraient l'un après l'autre en poste.
L'un avait le nez court, et l'autre l'avait long.
—Où courent ces Messieurs? dit le roi.—C'est Lacoste
Qui, volé de son nez, vole après son larron.

◦※◦

De courses et de clubs à la fois partisan,
Revenait d'Albion un jeune courtisan.
—Qu'avez-vous appris là? demanda Louis quinze.
—A penser.—Des chevaux, lui répondit ce prince.

◦※◦

Nos vrais Dieux, qui sont-ils? Vénus, Bacchus, Plutus.
Tout court après le vin, les belles, les écus;
Et pourtant, que de maux, de procès, de querelles,
N'enfantent pas le vin, les écus et les belles!

◦※◦

De Montmaur, qui chez toi nourrit son teint fleuri,
Tu te crois, Marcellus, sincèrement chéri.
Erreur! ce n'est pas toi, c'est ton dîner qu'il aime :
Il serait mon ami, si je dînais de même.

Tu n'as pas un ami, me dis-tu, Delaporte.
Je le crois bien : tu n'as argent, femme ni vin ;
Mais qu'un dieu complaisant t'en nantisse un matin,
Dès le soir les amis feront queue à ta porte.

Me damner pour aimer mon compère Colin !
Mais, Monsieur le curé, comment donc faut-il faire?
Ne m'avez-vous pas dit que j'aime mon prochain?
Eh bien ! tout près de moi demeure le compère.

Soleil, arrête-toi, dit jadis un guerrier,
Pour que de Gabaon j'extermine la race.
—Nuit, accours en plein jour, dit un boursicotier,
Pour que de mes écus je quadruple la masse (*).

Monsieur Jeannin, disait un nonce,
Quels sont vos ayeux?—Mes vertus (**).
Oseriez-vous telle réponse,
Messieurs les nouveaux parvenus?

(*) Allusion aux réticences du télégraphe causées, dit-on,
par l'arrivée de la nuit.

(**) Pierre Jeannin fut un des conseillers les plus intègres
et les plus dévoués d'Henri IV.

Dans un quartier souffrant, à côté d'un hospice,
On construit à grands frais un superbe édifice.
Sais-tu, Robert, pour qui?—Pour des singes.—Vraiment!
Être singe vaut mieux qu'être homme maintenant (*).

Quel nom faut-il, Monsieur, donner à cet enfant?
Demandait au papa la dame Pétronille.
—Celui de Jean, morbleu! car, dans notre famille,
Le mâle (c'est l'usage) est constamment un Jean.

Est-ce bien toi, Fanchon, dit Jean tout ébahi?
Quel luxe! moins brillante était notre bourgeoise.
Comment donc de la crotte es-tu sortie ainsi?
—En me troussant, mon cher, répond l'ex-villageoise.

(*) A Paris, dans le Jardin-des-Plantes, auprès de l'hospice de la Pitié, où gisent des centaines de malades, passés
en revue au pas de course par un médecin, comme une armée par un général, et pour un grand nombre desquels le
dortoir hospitalier n'est que l'antichambre des salles de
dissection, s'élèvent le palais des Singes, la maison de plai-
sance des Ours, séjour enchanteur, délicieuse villa bien
aérée, bien ombragée, bien décorée, nourriture saine et
abondante; consultations de médecins pour les malades et
sépulture particulière pour les morts. Etrange philanthropie
que celle qui a établi cette répartition aussi favorable à la
race animale que funeste à l'espèce humaine!

(*Feuilleton du Siècle*, 30 juillet 1844.)

Miracle, mon bon maître! aux pieds de Saint-Michel,
Martine a tout-à-coup recouvré la parole.
—Il est, ma foi, plaisant, ton miracle, Nicole:
Pour qu'une femme parle, est-il besoin du ciel?

Un favori d'un roi, porteur d'un titre auguste,
Un matin avec lui jouait au gros volant.
Il lui lance un coup sûr, et le roi le manquant :
Voilà, dit-il tout haut, un beau Louis-le-Juste (*)!

De la Donna di Loretta,
Que dit le curé de Préneste?
—Qu'on a de la vierge céleste
Fait une vierge d'opéra.

(Notre-Dame-de-Lorette, à Paris.)

Asseyez-vous, enfants, disait le bon Saint-Pierre
A quelques chérubins entrés dans son logis.
—Bien obligé, papa, répond un des esprits,
Mais pour s'asseoir, il faut que l'on ait un derrière (**).

(*) On a fait à Louis XIII une épitaphe beaucoup plus juste que le surnom que lui a donné la flatterie :

Ci-gît le bon roi notre maître,
Louis treizième de ce nom,
Qui fut vingt ans valet d'un prêtre,
Et pourtant acquit grand renom.

(**) Les Chérubins ne sont représentés qu'avec une tête et des ailes.

Le Normand et le vrai sont rarement cousins.
—C'est qu'au pays normand il ne croît pas de vins.
In vino veritas, ont dit d'antiques sages,
Qui du jus de la treille arrosaient leurs adages.

◉⚹◉

Que Tantale me semble horriblement puni !
Être au milieu de l'onde et ne pouvoir pas boire !
—Belle boisson, ma foi, qu'une onde toujours noire !
Passe si l'Achéron roulait du vin d'Ay.

◉⚹◉

Qui toi, fier Alonzo, t'abaisser à Lisette !
—Que veux-tu? les Amours sont des républicains,
Peu leur fait que l'on soit ou duchesse ou soubrette:
Ils comptent les attraits et non les parchemins.

◉⚹◉

Surpris de voir Talbot fou de la borgne Elvare:
Comment peux-tu, lui dis-je, avoir un goût pareil?
—On voit bien, répond-il, que tu n'es qu'un ignare:
Deux étoiles, mon cher, qu'est-ce auprès d'un soleil?

◉⚹◉

Ta maîtresse, à t'ouïr, est un morceau de roi;
Je le crois; mais, Dorval, songe à sa source immonde.
—Que m'importe sa source? Eh ! Vénus ! réponds-moi,
Ne naquit-elle pas de l'écume de l'onde?

Comment donc se fait-il que le voisin Bonneau
Ait les cheveux tout noirs, la barbe toute blanche?
—C'est qu'il est travaillant, jour ouvrable et dimanche,.
Beaucoup de la mâchoire et fort peu du cerveau.

Eh bien! notre allemand, le sais-tu?—Que le diable
Emporte mille fois ce langage assommant!
Le cheval, s'il parlait, parlerait allemand.
—Alors de le savoir un âne est incapable.

Voulez-vous dans autrui trouver de l'indulgence,
Il faut que pour autrui vous soyez indulgent;
Car, du même limon tirant votre existence,
Vous prétendre meilleur serait extravagant.

Souvent (et mainte belle en conviendra tout bas)
A la dévotion l'amour donne le bras.
Telle court à l'église entendre une homélie,
Qui prend au bénitier un billet d'Idalie.

A peine, de nos jours, un dignitaire meurt,
Avant le convoi même on grapine sa place.
Dans quel genre faut-il classer le grapineur?
—Parmi les animaux de l'espèce vorace.

Certain ministre, au cœur cent fois plus dur que roches,
Se promenait muni d'un énorme manchon.
De manchon, dit quelqu'un, qu'a besoin ce larron?
N'a-t-il pas tous les jours ses deux mains dans nos poches?

o※o

La main sur la conscience,
Chez un ministre est un mot vain :
Vit-on jamais une excellence
Sur le vide mettre la main?

o※o

Tout se flétrit : une Poisson (*),
Qu'encensa l'Arétin d'une chaste héroïne,
A de son cuisinier décoré la poitrine
De la croix destinée aux guerriers de renom.

(*) La marquise de Pompadour. « Cette femme, disent les
éditeurs des mémoires de Madame de Hausset, enleva Louis XV
à son peuple; au lieu de l'enflammer de l'amour de ses nobles
devoirs, elle mit une coupable gloire à les lui faire oublier.
Sans elle, ce prince, comblé de tous les dons de la nature et
du ciel, et rempli des qualités qui font les bons rois, eût
porté jusqu'au tombeau le surnom de *Bien-Aimé*, nom mille
fois plus honorable et plus doux qu'une fastueuse épithète
qui ne flatte que la vanité.
La Pompadour était fille d'un nommé Poisson, contrôleur
des contributions. Voltaire, grand partisan des grands,
quels qu'ils fussent, l'a surtout encensée; J.-J. Rousseau
refusa ses dons, quoiqu'il n'eût qu'une pension de 540 fr.

Dans un jardin public, un ami de Chapelle
Lui lisait un poème, issu de sa cervelle.
Passe près d'eux quelqu'un qui fait un bâillement.
—Ne lis donc pas si haut, dit Chapelle en riant.

D'où vient donc que la femme après l'homme fut faite?
Demandait une belle au médecin Caron.
—Ce n'est qu'après avoir bien assis la maison
Que sur le toit, Madame, on met la girouette.

Sur la femme souvent nous versons notre bile;
Et pourtant sans ce sexe, à nos yeux si fragile,
Que seraient les deux bouts, le milieu de nos jours?
Celui-ci sans plaisir, et ceux-là sans secours.

« C'est un hibou, disait-elle un jour à Madame de Mirepoix.
—J'en conviens, mais c'est celui de Minerve.»
Dès le commencement de sa faveur, elle trouva sous sa serviette le quatrain suivant :

La marquise a bien des appas :
Ses traits sont vifs, ses grâces franches,
Et les fleurs naissent sous ses pas;
Mais hélas! ce sont des fleurs blanches.

De là l'épitaphe suivante :

Hic piscis regina jacet, quœ lilia succit
Pernimis : an mirum si floribus occubat albis?

Elle laissa une succession immense. La vente seule de son mobilier dura un an : toutes les parties du monde semblaient s'être rendues tributaires de cette grisette royale.

Des jeunes gens parlaient chez un banquier insigne
Des livres qu'un auteur enfante chaque mois.
—Eh! laissez ce fatras qui de vous est indigne:
Il n'est de bon, Messieurs, que les livres tournois.

○✗○

Ainsi que moi, disait la Rose à l'Amaranthe,
Tu ne saurais flatter la vue et l'odorat.
—Que me font les attraits que ton orgueil me vante?
J'aime mieux de longs jours qu'un éphémère éclat.

○✗○

Pourquoi Luc ne peint-il un monarque, un savant,
Que quand celui-ci meurt et que l'autre est vivant?
—C'est qu'après son trépas un savant s'apprécie,
Et que l'éclat d'un grand finit avec sa vie.

○✗○

Sachez, hommes puissants, qu'un Tacite invisible
S'attache à tous vos pas, un crayon à la main,
Et qu'il n'est pas un fait, un mot, un geste enfin,
Qui ne soit recueilli par ce témoin terrible.

○✗○

Néron dormait: grands Dieux! dit le jeune Valère,
Le sommeil est-il fait pour de pareils fléaux?
—Taisez-vous, imprudent, murmure un consulaire:
C'est pour Rome, du moins, un instant de repos.

Gardez-vous de fillette à la gentille mine :
Souvent elle ressemble à ces bonbons charmants,
Qui paraissent tout sucre, et ne sont au-dedans
     Que plâtre et que farine.

⊙⊠⊙

La laine, dit Horace, une fois colorée,
Ne peut plus recouvrer sa première blancheur;
De même est l'innocence : une fois altérée,
Elle perd pour toujours sa native candeur.

⊙⊠⊙

L'argent sent toujours bon, quelle qu'en soit la source,
Disait un empereur soigneux d'enfler sa bourse;
Et, d'échos en échos rapidement porté,
Ce grand mot s'est partout acquis droit de cité (*).

⊙⊠⊙

Muse, reposons-nous : petit filet de voix,
A notre âge surtout, est bientôt aux abois.

(*) Titus reprochait à son père Vespasien d'avoir mis un
impôt sur les urines. Celui-ci lui porta au nez le premier argent qu'il reçut de cet impôt, et lui demanda s'il sentait mauvais.—Non, répondit Titus.—C'est pourtant de l'urine, ré-
pliqua Vespasien.

LOISIRS D'UN VIEILLARD.

Deuxième Partie.

Allons, Muse, partons, et tout en clopinant,
Du Pinde, s'il se peut, gagnons le sol glissant.

LA PETITE PRUDE.

Dans un parc comparable à ceux d'Alcinoüs (*),
J'allais me promenant avec Adélaïde.
Devant nous se présente, *in naturalibus*,

(*) Roi des Phéaciens, célébré par Homère.

Le héros si connu sous le grand nom d'Alcide.
La belle sur ses yeux de mettre ses cinq doigts.
—Il est passé, lui dis-je.—Oh! non, car je le vois.

LE RÉGENT.

Chez sa maîtresse, un jour, entrant *ex abrupto*,
Le régent sur un meuble aperçoit un chapeau.
   —Ce chapeau, ma princesse,
A qui donc, s'il vous plaît?—Sans doute à votre altesse.
Il le prend et se met à le considérer,
   Le coude sur une fenêtre.
Voici que dans la cour vient à passer son maître
   Qui, le chef nu, le pied léger,
S'empresse de gagner au plus vite la rue.
Mais le régent sur lui braquant soudain la vue :
—Un instant! vous allez, Monsieur, vous enrhumer.
A ces mots, le chapeau sur le Monsieur se jette,
Mais si bien, que tout juste il emboîte sa tête.
—Parbleu, ma belle enfant, dit le prince enchanté,
Je me plaindrais à tort : c'est moi qui l'ai coiffé.

JENNY.

Attraits, talents, vertu, tout brille dans Jenny.
Heureux, trois fois heureux qui sera son mari!

—Est-elle riche?—Non.—J'en suis fâché pour elle.
Avec tous ses attraits, sa vertu, son talent,
Je crains bien que Jenny ne reste demoiselle :
L'hymen ne se conclut que sur un sac d'argent.

MARTON.

Marton, gentille villageoise,
Voulut tâter du conjungo.
Elle était pauvre : sa bourgeoise
De vingt écus lui fait cadeau ;
Demain, lui dit-elle, ma chère,
Viens me présenter ton galant.
C'était une masse grossière
Sur jambes courtes se mouvant.
Comment, dit la dame à sa vue,
C'est là ton amoureux, Marton !
Eh ! lui répond notre ingénue,
Pour vingt écus, que trouve-t-on ?

L'HYMEN, LES AMOURS ET PLUTUS.

Pouvez-vous bien, morveux, dit l'Hymen aux Amours,
Vous permettre envers moi tant de bizarres tours ?
Je n'attelle que gens tirant en sens contraire.
Quel métier ! j'y renonce. Au moins sensible choc,

Voilà soudain le couple aussi rouge qu'un coq.
Chez moi, lune de miel jette courte lumière.
Monsieur a le ton sec, Madame l'a piquant;
Monsieur veut commander, Madame être obéie;
Monsieur à ses besoins fournit en rechignant,
Lorsqu'il prodigue l'or aux mains d'une Aspasie;
De son côté, Madame en secret le lui rend.
Il n'est pour ces époux qu'un seul point d'harmonie :
C'est qu'au plutôt se rompe un joug si fatigant.

Eh! répond Cupidon, que me font vos affaires?
Est-ce moi qui consulte avocats et notaires,
Qui dresse le contrat, le hérisse de mots
Dont le sens ambigu nourrit ces chicaneaux?
Si vos gens, pour un rien, vont se cherchant querelle,
S'ils s'accordent entre eux ainsi que chiens et chats,
Plaignez-vous à Plutus, qui régit vos états,
Et cessez de venir me troubler la cervelle.

De l'Hymen, il est vrai, dit le dieu financier,
Je révolutionne aujourd'hui tout l'empire;
Mais pourquoi l'imprudent m'a-t-il fait son courtier?
Pourquoi par mon éclat se laisse-t-il séduire?
On veut de l'or : eh bien! j'en donne ou j'en promets
Le *conjungo* n'est plus qu'une affaire de bourse.
Jadis, petits Amours, vous en étiez la source.
Les cœurs ont dès long-temps fait place aux intérêts;

Pointd'argent, pointde nœuds : leseulcodeest Barême.
Bien fou qui coterait beauté, mœurs, esprit même !
—Mais,ditl'Hymen,j'ensouffre,ettoutvamalchezmoi.
—Je m'en lave les mains : la faute en est à toi.

LA PÉNITENCE.

Près de se marier, le jeune Martinet
Alla se confesser au père Dominique,
Lui dit ce qu'il voulut, et de bon catholique
Sans pénitence aucune en obtint le brevet.
Etonné toutefois d'une telle indulgence :
Mon père, lui dit-il, vous venez d'oublier....
—Quoi donc, mon cher enfant?—Certaine pénitence...
—Eh ! ne devez-vous pas demain vous marier (*)?

(*) An uxor sit ducenda? demandait-on à un poète latin
moderne. Voici ce qu'il répondit :

Ergò mihi uxorem qualem ducam? anne puellam?
    Hæc forsan veniet non satis apta mihi.
An viduam? *dominam quis posset ferre tonantem?*
    An vetulam? *tolerat quis patienter anum?*
Fœcundam? *fœcunda domum mihi prole gravabit.*
    An sterilem? *sterilis non decus arbor habet.*
An ditem? *nihil est magis intolerabile dite.*
    Anne inopem? *quid opis ferre valebit inops?*
Pauciloquam? *non me poterit recreare loquendo.*
    Verbosam? *mulier res onerosa loquax.*

LES TROIS RATS.

Un songe tourmentait un de ces potentats
En soliveaux dorés figurant sur le trône.
Il avait vu trotter autour de sa couronne
Trois rats, dont un aveugle, un maigre et l'autre gras.
A sa cour aussitôt il mande une sorcière.
Grand prince, lui dit-elle en pliant les genoux,
Le rat luisant de graisse est votre ministère,
Le maigre est votre peuple, et l'aveugle, c'est vous.

○❖○

LES JONCS.

Dans un fleuve gisait un chêne qui naguère
Des vents les plus fougueux défiait la colère.
Comment, dit-il aux joncs, vous frêles, vous tremblants,
Demeurez-vous sur pied?—Nous nous prêtons aux vents.

Messieurs les gens de cour, ces joncs sont votre image :
Tout prince, quel qu'il soit, est sûr de votre hommage.

Formosam? *variis est subdita forma periclis.*
   Deformem? pœnam ducere numquid amem?
Non igitur ducenda uxor, quia fœnore tanto
   Apparent socii damna timenda tori.

LES CRUCHES.

Chez des nègres, disait un chétif gouvernant,
D'un aigle toutefois croyant avoir la vue,
Bien risible, Messieurs, est certaine tenue
De ces conseils chez nous d'un aspect imposant.
Figurez-vous ici, par numéros rangées,
Vingt cruches, par exemple, à moitié d'eau chargées;
Puis autant d'hommes nus jusqu'au cou s'y plongeant,
Et de l'Etat ainsi discutant les affaires.
—J'ai vu mieux, Monseigneur, répond un Bassompières.
Des cruches chez des blancs seules délibérant.

o✕o

LA JUSTICE.

Je prête vingt écus à mon voisin Lacours :
Il devait me les rendre au bout de la semaine.
La semaine se passe, un mois même, et toujours
Je reçois du voisin une promesse vaine.
Las enfin de prier, j'ai recours à Thémis.
Mon argent dans trois jours devait m'être remis.
Trois ans sont écoulés, et je n'ai rien encore;
De ma bourse, bien plus, cent écus sont sortis.
Tout en nous défendant, l'avocat nous dévore.
Du moins Lacours donnait des paroles gratis;
Mais à quel prix, hélas! on les vend chez Thémis!

MÊME SUJET.

Un avocat, durant les loisirs de Thémis,
De Nanterre un matin revenait à Paris.
Il rencontre un valet naguère à son service,
Qui conduisait un char tiré par deux chevaux,
L'un gras, l'autre n'ayant que la peau sur les os.
Il s'arrête surpris. Eh! pourquoi donc, Maurice,
Tes chevaux offrent-ils ce contraste frappant?
—L'un est un avocat, et l'autre est un client.

○✕○

LE PRÉLAT DUC.

Le long d'un champ qu'alors labourait un vilain,
Cheminait un prélat, mitre en tête, armé en main;
Des gardes le suivaient : c'était un train de sire.
Le manant de pousser un long éclat de rire.
—Eh! de quoi donc ris-tu, dit le guerrier mitré?
—De voir ainsi marcher un homme de l'église,
Un ministre d'un Dieu qui, dit notre curé,
De nous autres vilains eut à peu près la mise.
—Mais je suis duc aussi : c'est comme tel que j'ai
Ce cortége et ce fer qui causent ta surprise.
—Mais, si Monsieur le duc par le Diable est rafflé,
Qu'adviendra-t-il alors du monsieur de l'église?

L'ADROITE EXCUSE.

Un vicomte aux échecs jouait contre une Altesse :
Il pousse un cavalier, et dans le même temps,
Part de ses pays-bas un de ces sons bruyants,
Dont je laisse au lecteur à deviner l'espèce.
Quel égrillard, dit-il, que ce cavalier-ci !
Il n'est pas, Monseigneur, sans trompette parti.

LA SOIF DE L'OR.

Jadis, dit un auteur qui se lit à tout âge,
Forteresse bien close et poste bien armé
N'ont pu de Danaé sauver le pucelage.
Le roi des Dieux descend de la céleste plage,
Non la foudre à la main, mais en or transformé.
Il paraît : aussitôt tout lui livre passage,
Et la princesse fait à son père étonné
Cadeau d'un petit-fils bien conditionné (*).
Ce trait, que de maint autre Horace fortifie,

(*)   *Inclusam Danaën turris ahenea*
        Robustæque fores et vigilum canum
        Tristes excubiæ munierant satis
            Nocturnis ab adulteris,
        Si non Acrisium, virginis abditæ
        Custodem pavidum, Jupiter et Venus
        Risissent : fore enim tutum iter et patens
            Converso in pretium Deo.

                        (Od. XVI, l. III.)

Que prouve-t-il? que l'or plut toujours dans les cours;
Que l'or de qui les sert est surtout les amours,
Et que l'affection s'y règle sur sa pluie.
Mais cette pluie, objet des plus antiques vœux,
Quand, plus que de nos jours, fut-elle postulée?
Tout veut s'en voir tremper, et l'obscure vallée
Ne l'implore pas moins que le mont sourcilleux.
Encore si Plutus, à force d'arrosage,
De ses adorateurs calmait les aboîments!
Mais des fils de Bacchus ceux-ci sont les pendants,
Ils ont d'autant plus soif qu'ils boivent davantage,
Et les mains et les yeux toujours tendus vers l'or,
Ils vont criant sans cesse : Encor, Plutus, encor!
Tel ce glouton dépeint par le bon Lafontaine,
Qui, sur le point d'aller où l'on ne mange plus,
Pour s'être, à son dîner, chargé trop la bedaine,
Se fait du mets fatal apporter le surplus;
Telle aussi cette auguste et fameuse grisette
Sortant d'un lupanar (*) lasse et non satisfaite (**).

(*) *Lupanar à lupâ.* Conventus fornicum et scortorum.
Latebant lupanaria locis secretioribus, noctu tantùm pate-
bant: caput obnubebant adeuntes. Quùm nova puella presti-
tueretur, foribus extrà laureatis lucernæ suspendebantur.
Cujuscumque meretricis cellulæ aut cryptæ superscriptum
erat nomen ejus cum pretio stupri.

(**) Messaliue, femme de l'empereur Claude.

(*Voir* Juvénal, *sat.* vi.)

IMITATION D'ANACRÉON.

Si sur l'impitoyable mort
Plutus avait quelque puissance,
Je rivaliserais d'effort
Avec nos joûteurs en finance,
Pour arrondir mon coffre-fort.
Tranquille alors sur sa visite,
Au premier coup que j'entendrais,
J'ouvrirais mon trésor, et vite,
Sans marchander, la renverrais.
Mais, puisqu'ainsi qu'une poussière,
Ridicule jouet du vent,
Elle voit ce métal brillant,
Que d'un bras souvent sanguinaire
L'avarice arrache à la terre;
Puisqu'en ses mains est si cassant
Le fil de notre courte vie,
N'est-ce pas une archi-folie
De se donner tant de tourment
Pour un bien qu'elle répudie?
Allons, verse du vin, garçon :
On n'en boit pas chez Proserpine;
Et puis dansons, belle Pauline :
On ne danse pas chez Pluton.

LE MONARQUE INDULGENT.

Sous un Valois, en vain dégradé par Hugo (*),
Un impôt en Bretagne excitait des murmures,
Et les sabreurs du temps de crier tous *haro*,
De conseiller au roi de sanglantes mesures (**).
Messieurs, leur répond-il, si l'on vous écorchait,
De jeter les hauts cris n'auriez-vous pas sujet?

⊙✖⊙

LE TYRAN PRÉVOYANT.

Un tyran, qui long-temps pesa sur la Sicile,
Ne se faisait servir qu'en vaisselle d'argile (***).

(*) Dans *le Roi s'amuse*.
(**) *Fortioribus remediis agendum : nihil in vulgo modicum : terrere ni paveant : ubi pertimuerint, impunè contemni.*
            (TAC. Ann. l. I.)
Les flatteurs vous diront que les plus saintes lois,
Maîtresses du vil peuple, obéissent aux rois ;
Qu'aux larmes, au travail, le peuple est condamné,
Et d'un sceptre de fer veut être gouverné ;
Que, s'il n'est opprimé, tôt ou tard il opprime.
        (*Paroles de Joad à Joas, dans Athalie.*)
(***) Agathocle, fils d'un potier de terre.

Comment, lui dit quelqu'un, vous, si riche, si grand !..
—Je le suis, mais demain suis-je certain de l'être ?
D'un bonheur continu quel mortel est le maître?
D'un artisan le sort m'a fait un roi puissant :
Ne peut-il pas de roi me refaire artisan ?

❊❊❊

LES GRANDEURS.

Tout n'est que vanité, s'écriait Salomon ,
Et jamais cri ne fut plus sonnant de raison.
Le plus petit princier (quelle étrange folie !)
De très-haut, très-puissant, partout se qualifie;
Partout, sur les palais, même les plus nouveaux,
L'orgueil en lettres d'or étale ces grands mots (*).

(*) Auguste, qui régnait sur la moitié du monde, n'a jamais pris le nom de Très-Haut ni de Très-Puissant, pas même celui de *Dominus*, seigneur ou maître. Un jour qu'il assistait à des jeux, un acteur s'étant écrié : *Quel maître équitable et débonnaire !* et le peuple ayant applaudi avec transport, il témoigna par des gestes toute son indignation et fit cesser les applaudissements.

Tibère même disait : *Je suis le premier des citoyens, l'empereur des armées et le maître de mes esclaves.* Ce titre d'empereur (*imperator*) était purement militaire : les soldats romains, sous la république, le donnaient à leur général après une victoire.

Mais eût-on dans ses mains tous les trésors du monde,
L'argent du Potosi, les perles de Golconde;
Vît-on à ses genoux tout l'univers tremblant,
Que serait-on encore? un homme, un ver de terre,
Venant nu, partant nu, croissant et décroissant,
Sujet à cent besoins, souffreteux, éphémère (*).
Il n'est que Dieu qui soit très-haut et très-puissant :
Les trônes, hors le sien, ne sont tous que poussière.
Citerai-je un Crésus montant sur un bûcher,
Un Cyrus périssant de la main d'une femme,
Un Priam égorgé dans son palais en flamme?
Mais ces grands coups du sort, à quoi bon les chercher
Dans des temps dont l'époque est encore incertaine,
Chez des peuples dont l'herbe a couvert les tombeaux(**),
Quand de nos jours, ainsi que de frêles roseaux,
Des chênes sont tombés sur les bords de la Seine?
J'ai vu de deux Bourbons le sacre solennel.
Comme leur souriaient et la terre et le ciel !
La vieillesse de l'un dans l'exil s'est flétrie;
L'autre (mon cœur encore en sursaute d'effroi)

(*) *Memento, homo, quia pulvis es et in pulverem reverteris;* dit l'église au roi comme au berger.
  (**) Mujono le città, mujono i regni,
     Copre i fasti e le pompe arena ed erba,
     E l'uom d'esser mortal par che si sdegni!
     O nostra mente cupida e superba !
              (*Hierusalem, lib. canto* xv, *st.* xx.)

A du fer d'un bourreau subi l'ignominie.
Où sont les descendants du vainqueur de Rocroi?
Comment des deux derniers se termina la vie?
Et ce Napoléon, l'Alexandre des rois,
Où l'a conduit l'orgueil de ses fameux exploits?
Sur un rocher aride, au-delà du tropique,
Dans les fers, sous la dent du tigre britannique.

o⚔o

Sunt ubi tanti, ambitiose, honores?
Te stupens orbis Dominum canebat :
En jaces pulvis, superestque de te
Nil nisi nomen.

o⚔o

SALADIN.

Ainsi que Salomon, Saladin, en mourant,
De l'humaine grandeur reconnut le néant.
Attaché par son ordre au sommet d'une lance,
Un linceul se promène au milieu de son camp;
Derrière est un hérault qui crie en le montrant :
De ses nombreux trésors, de sa vaste puissance,
Voilà ce qu'au cercueil emporte le sultan!

o⚔o

LE TOMBEAU.

J'allais un jour errant au milieu de tombeaux,
Pensif et tout entier à la mélancolie.
Un d'eux, par sa matière et ses décors nouveaux,
Attire mes regards, suspend ma rêverie;
A ses pieds gémissait un jeune homme éperdu.
J'approche : un nom obscur brillait sur une pierre.
—Monsieur pleure sans doute un respectable père?
—Je pleure ce beau marbre indignement perdu.

LE COURT SERMON.

S'il est beaucoup de saints dignes de nos hommages,
Beaucoup aussi, dit-on, les méritent bien peu,
Et la plupart de ceux que fêtent les villages
Sont encore à frapper à la porte de Dieu.
Mais faut-il, mes amis, d'une main téméraire,
Ce qu'on a jadis fait, aujourd'hui le défaire?
Ce n'est pas mon avis : qu'il soit ou non reçu,
Un saint, dès qu'il est bon, doit être maintenu.
Sans son patron, souvent que serait un village?
En un riche comptoir il change un lieu sauvage;
Et puis, quelle gaîté quand on fête les saints!
Respectons qui produit nos plaisirs et nos gains.

De ce respect un jour s'écarta, nous dit Pogge (*),
Un moine qui d'un saint devait faire l'éloge.
Un excellent dîner au château l'attendait,
Et l'heure du sermon en même temps sonnait.
Perplexe était le cas ; mais le diable a beau faire,
Un moine a toujours l'art de se tirer d'affaire.
Il monte en chaire et dit : Mes frères, vous présents,
Du patron, l'an dernier, j'ai raconté l'histoire ;
Ses travaux, ses vertus, ses gestes éclatants,
Rien ne fut oublié. Le saint, depuis ce temps,
N'a pas grossi d'un fait le trésor de sa gloire ;
Ainsi, pour aujourd'hui, je n'ai rien de nouveau.
Il dit, bénit son monde et gagne le château.

LE TALISMAN.

Pour les jours de sa mère un tendre fils tremblant,
Va d'un nécromancien consulter la science.
—Mon enfant, cette cure est hors de ma puissance.
Cours chez les médecins, et prends ce talisman ;
Ta piété me charme, et pour qu'à la légère
Tu n'ailles pas livrer une tête si chère,
Présente-toi muni de ce rare instrument.
Tel au ciel est porté, qui n'est souvent qu'un âne,

(*) Conteur latiniste.

Et langue doctorale est surtout charlatane.
Le jeune homme obéit, et d'espoir palpitant,
Chez l'un des plus anciens aussitôt se transporte;
Mais un groupe de morts en obstruait la porte.
Il vole ailleurs : partout même groupe effrayant.
Sur un seuil, à la fin, il n'aperçoit qu'une ombre.
Il entre, et se jetant aux genoux du docteur :
Venez, dit-il, ô vous que craint la rive sombre,
Venez de notre mère être aussi le sauveur.
—Comment! de ce matin seulement je pratique,
Et n'ai soigné, mon cher, que dame Véronique.

LE MOYEN DE S'ENRICHIR.

Quoi! maisons de ville et des champs,
Voiture et train de sybarites!
Mais naguère, messieurs Forbans,
Vous aviez de si pauvres gîtes;
Pour être à ce point opulents,
Qu'avez-vous donc fait?—Trois faillites.

LES DEUX CHANCELANTS.

La tête embarrassée et la marche tremblante,
Un loup-cervier sortait d'un brillant restaurant,

Lorsqu'un pauvre vieillard devant lui se présente,
Le visage livide et le corps transparent.
—La charité, Monsieur ! criait l'ombre ambulante ;
Je me soutiens à peine.—Et moi, pendard, et moi,
Suis-je donc sur mes pieds plus affermi que toi?

LA RECONNAISSANCE.

Une dame, autrefois ayant riche équipage,
Par une étroite rue en piétonne passait.
Vient à grand bruit un char portant un personnage
De laquais ambulant devenu Turcaret,
Et du ruisseau, que rase une rapide roue,
Projetant sur la dame une flaque de boue.
—Voilà, dit-elle, un être au cœur reconnaissant !
Ce qu'il reçut de nous, au double il nous le rend.

LE CHAMPENOIS.

J'ai lu, dans un conteur du siècle des Valois,
Qu'en buvant un dimanche une cruche de bière,
Deux vilains, l'un Normand et l'autre Champenois,
Se prirent de querelle au sujet de saint Pierre.
Le premier soutenait qu'il était né Normand;
Le second, qu'en Champagne il a reçu la vie.

Tout ignare est têtu : la cruche se parie,
Et la cause est remise au premier arrivant.
Ce fut un Champenois (chose assez singulière!);
Toutefois, il prononce en faveur du Normand.
Si mon pays, dit-il, avait produit saint Pierre,
Il n'eût pas renié son maître assurément.

◦❈◦

LE LIBELLISTE.

Un certain colporteur (*), libelliste effréné,
De son fiel sur chacun répandait l'amertume.
Il meurt, et le bruit court qu'il s'est empoisonné.
Ah! s'écrie un tendron qu'il avait profané,
Le scélérat, sans doute, aura sucé sa plume.

◦❈◦

LE MALIN ABBÉ.

Pourquoi, Monsieur l'abbé, disait dame Isabeau,
Dévote intarissable en fait de causeries,
Jésus s'est-il d'abord fait voir aux trois Maries,
Quand, vainqueur du trépas, il sortit du tombeau?

(*) *Le Colporteur* est le titre d'une satire affreuse composée
par un nommé Chevrier, qui alla mourir en Hollande en
1762.

—C'est que notre Sauveur voulait qu'à tire-d'aile
Dans tout Jérusalem en courût la nouvelle.

∘⚇∘

LE SOUHAIT.

Des vertus de Saint-Fiacre ardent panégyriste,
Un moine sur ses doigts en prêchant les comptait.
Point ne l'imiterai : trop diffuse est la liste ;
Il suffit de savoir comme il la terminait.
Mes frères, disait-il, heureux ses simulacres !
Puissiez-vous dès ce jour devenir tous des Fiacres !

∘⚇∘

LA LEÇON.

Un fils de roi chassait avec son gouverneur.
Passe un pauvre manant qui se met ventre à terre ;
Mais pas même un regard du petit Monseigneur.
Prince, dit le Mentor au précoce Tuffière (*),
L'intervalle est bien grand de vous à ce vilain ;
Mais, vous et vos pareils, vous péririez de faim,
Si lui, si ses pareils ne cultivaient la terre.

(*) Nom du *Glorieux*, dans la comédie qui porte ce titre.

Taciturne, farouche et pleine de raideur,
Fille du même sang n'affectait que hauteur;
Mais, dès qu'elle voyait se former un orage,
Plus de morgue : c'était un autre personnage.
Elle abordait alors jusques aux moindres gens;
Son parler était doux, ses regards caressants.
Elle eût, pour un éclair, serré des mains calleuses,
Pour un coup de tonnerre embrassé des laquais :
Puis, l'aquilon parti, l'air bien remis en paix,
l'infante reprenait ses formes dédaigneuses.
Et cependant cela s'appelait *très-puissant.*
Pauvre puissant qu'un être au moindre bruit tremblant!

❖✖❖

LES MACAIRES.

Nous voici reculés au temps de la régence,
A ce temps où Plutus bouleversait la France.
Un Macaire (et Dieu sait si Paris en est plein!)
Imagine un musée, un bitume, un chemin,
S'associe un Bertrand (vermine aussi nombreuse),
Promet mont et merveille ; et soudain mille oisons
D'accourir et de mordre à l'amorce trompeuse.
Du bon or est changé contre de vils chiffons;
Mais peu de jours après s'opère un autre échange :
Macaire est dans un char et l'oison dans la fange.

LES TROIS CHAPEAUX.

Lassé d'être incompris, un rimeur en délire
Plante là les neuf sœurs, et pend au croc sa lyre ;
Puis en penseur profond se creusant le cerveau :
Des abus, se dit-il, montrons-nous le fléau.
Un prince, un magistrat, un citoyen vulgaire,
Tout se salue ici d'une égale manière.
Quel scandale honteux! confondre ainsi les rangs!
Sur le même niveau mettre petits et grands!
Et l'autorité dort! et pas une ordonnance
D'un aussi grave abus n'arrête la licence!
Osons la réveiller. Le ciel m'inspire : enfin
La fortune aujourd'hui vient me tendre la main.
Il dit, et trois chapeaux, qu'à crédit il achète,
L'un dans l'autre enchâssés s'élèvent sur sa tête ;
Puis le voilà d'un seul saluant un bourgeois,
Un magistrat de deux, un grand seigneur des trois.
Tous les passants de rire, et la gamine engeance
De le siffler, huer, berner à toute outrance.
Peu l'émeut ce début. Rentré dans son grenier,
D'une prose éloquente il habille un papier,
De son invention fait un pompeux éloge,
Demande que l'état le nourrisse et le loge.
Mais l'Etat (quelle horreur !), au bas de son placet,
Ecrit ces-mots cruels : *Bon pour le cabinet.*

L'infortuné succombe à ce nouvel outrage,
Si vive est sa douleur, si brûlante est sa rage !
Il meurt en vomissant la satire à longs flots,
Mais fier et sur sa tête ayant les trois chapeaux.

LE VEAU D'OR.

Sur la métempsycose un savant dissertait,
Sans louer ni blâmer ce système bizarre.
Quant à moi, j'en suis fou, dit un certain ignare,
Qui, comme c'est l'usage, à l'esprit prétendait.
Mesdames, croiriez-vous (chose pourtant réelle)
Que c'est moi qui jadis fus le fameux veau d'or ?
—Sans peine je le crois, répondit une belle :
A la dorure près, vous l'êtes bien encor.

LE DÉFAUT DE BARBE.

Pourquoi, disait Pérette à son voisin Ledru,
Avons-nous le menton de barbe dépourvu ?
Parbleu ! c'est que jamais la main la plus habile,
Lui répond en riant le malin villageois,
N'aurait pu (tant chez vous se taire est difficile !)
Vous raser sans au moins vous taillader vingt fois.

LA PRESSE.

La Presse est un fléau, disent certaines gens,
Toujours prêts à ramper sous tous les gouvernants.
Frappons-la; de l'enfer nous vint ce monstre horrible :
Si nous ne l'écrasons, il nous écrasera.
—Vous écraser, Messieurs ! la chose est impossible :
Être si plat que vous jamais ne s'écrasa.

LE COURTISAN.

Un courtisan, déjà bien dodu, bien replet,
Des faveurs de son maître était toujours l'objet.
Un grand poste est vacant : aussitôt on l'y nomme.
Pour l'obtenir, dit-il, je n'ai fait aucun pas.
—C'est vrai, répond quelqu'un qui connaissait notre homme,
Qui rampe ne marche pas.

L'ÉGALITÉ.

Un savant distingué dînait chez une dame,
Qui sur l'égalité vivement pérora.
Sans objecter un mot, le savant l'écouta :
Ce mot aurait été de l'huile dans la flamme.
Mais, sa fougue calmée et son discours fini,

Il se lève, et, d'un ton sérieux et poli,
Au valet qui servait adressant la parole :
Monsieur Saint-Jean, dit-il, prenez ma place ; moi,
Je vais avoir l'honneur de remplir votre emploi,
Comme égaux, nous devons réciproquer de rôle.
Qui fut confus ? la dame. Aussi sur le tapis
Jamais l'égalité ne se remit depuis.

LA MÉTAMORPHOSE.

Devant un comité, sous feu l'Etre suprême,
Se présente un vieillard, marquis de Saint-Janvier.
—Tes noms?—Marquis...—Flambé.—De...—Proscrit.
[—Saint...—De même.
—Janvier.—Débaptisé.—Quoi, rayé tout entier!
—Point d'observations, et tiens ta bouche close.
—Mais qui suis-je?—Eh parbleu! le citoyen Nivose (*).

(*) Voici à ce sujet une petite scène qui, je crois, n'est pas
ici déplacée :

Un Voyageur. Citoyens, je viens vous faire viser mon
passeport.

Le Président. Où veux-tu aller?

Le V. A Montauban.

Le P. Montauban! n'est-ce pas en Hollande?

Un membre. Non, président, tu es dans l'erreur. Montau-

LES ENFANTS.

Si des haillons du pauvre un père est revêtu,
De ses propres enfants il se voit méconnu ;
Mais qu'un habit doré lui couvre les épaules,
Aussitôt à son cou viennent sauter les drôles.

ban touche aux frontières de la Suisse, sur les bords du Finistère, département des Pyrénées.

Le P. Département des Pyrénées ! mais c'est tout près de la Vendée. Tu vas donc grossir les Chouans ?

Le V. Non, citoyen, ce n'est pas mon intention.

Le P. Où es-tu né?

Le V. A Hambourg.

Le P. Quel district?

Le V. Il n'y en a pas.

Le P. Quel département?

Le V. Il n'y en a pas non plus.

Le P. Comment! il n'y a ni district ni département dans ton canton.

Le V. Non, citoyen : Hambourg n'est pas en France, et je suis étonné....

Le P. Tu es étonné! tu fais l'insolent, je crois.

Le V. Non, citoyen; mais je ne puis concevoir que des fonctionnaires publics...

Le P. Encore! tu ne sais donc pas...?

Un membre. Citoyen président, je t'invite à porter toute l'attention dont tu es capable aux réponses du demandeur.

Le V. Mais, citoyens ,....

Le P. Silence!

On s'arrache le bon , le bien-aimé papa ;
C'est à qui le premier l'aura, le fêtera (*).
Telle une courtisane ouvre à quiconque apporte :
Venez-vous sans argent, close reste la porte.

Le même membre. Le citoyen nous a dit être né à Hambourg, et je vois sur son passeport *né à Quilin* (nez aquilin).

Le P., s'assurant du fait. L'observation du préopinant est
juste. Qu'as-tu à répondre?

Le V. Ah! mon Dieu, rien....

Le P. Où as-tu demeuré pendant ton séjour à Paris?

Le V. Rue Saint-Denis.

Le P. Je t'observe que, depuis la suppression de la religion, il n'y a plus de saints.

Le V. Je demeurais donc rue Denis.

Un second membre. Citoyen président, tu n'as pas oublié
que, depuis l'abolition du droit féodal, on a supprimé le mot
de.

Le P., d'un ton grave. C'est vrai.

Le V. En ce cas, je demeurais dans la rue *nis*; mais je
vous préviens que, si vous me supprimez ce *nis*, je n'aurai
demeuré nulle part.

Un 3me membre. Ce voyageur est un insolent; il abuse,
citoyen président, des questions que tu lui fais. Je demande
qu'on le mette en surveillance jusqu'à ce qu'il nous soit possible de savoir dans quel pays est situé Hambourg, et que
nous soyons assurés que Montauban n'est pas un foyer de
chouannerie.

Tous les membres. Adopté.

(*) On a des héritiers, mais on n'a plus d'enfants.

(*Delille.*)

EXTRAITS DU ROI LÉAR,

TRAGÉDIE ANGLAISE.

(Trompé par de fausses démonstrations de tendresse, Léar s'était
dépouillé de la couronne et de tous ses biens en faveur de ses deux
filles, Gonerille et Régane, à la seule condition de vivre tour-à-tour
pendant un mois chez chacune d'elles, et de conserver cent chevaliers
pour sa garde. Gonerille, chez laquelle il va d'abord demeurer, le paie
de la plus noire ingratitude. Son langage lui arrache cette malédiction :)

Tu l'entends, ô Nature! Ah! daigne aussi d'un père,
Déesse qu'elle outrage, entendre la prière.
—Si tu te proposais de féconder son sein,
Suspends, je t'en conjure, ah! suspends ce dessein;
De la stérilité jette-lui l'infamie,
Dessèche dans ses flancs les germes de la vie;
Que jamais il n'en sorte un tendre rejeton,
De mère dans ses bras vagissant le doux nom;
Ou, si par un décret, hélas! irrévocable,
Il doit en sortir un, qu'il soit abominable;
Que, physique et moral, tout en lui soit hideux;
Qu'il naisse contrefait, qu'il naisse vicieux;
Que caresses ni soins ne le rendent sensible;
Qu'il ne réponde aux pleurs que par un rire horrible;
Qu'il soit, comme un cancer, à sa mère attaché,
Et quand le jour se lève, et quand il est couché;
Que la perfide enfin, avant le temps fanée,
De douleurs en douleurs vers la tombe entraînée,

S'écrie : Enfant ingrat, le plus affreux serpent
N'a pas ton noir venin, ta déchirante dent.

(Léar se rend ensuite chez Régane; mais, plus cruelle encore que
sa sœur, elle le repousse, et l'infortuné va errant dans une campagne
déserte, au milieu d'une nuit profonde, sous un ciel menaçant, ac-
compagné seulement du comte de Kent, jadis exilé par lui, qui,
sans être connu, le sert sous les habits d'un paysan.)

LE COMTE,

Quoi, pas un seul abri! pas le plus frêle toit!
L'animal a le sien, quelque horrible qu'il soit;
Et le Roi, cette nuit où, de lait épuisée,
Auprès de ses petits l'ourse reste glacée;
Où, domptant de la faim le cri toujours croissant,
Le tigre se tapit dans son antre sanglant;
Où, jusqu'à la vertu, tout, saisi d'épouvante,
Cache sous la poussière une tête tremblante,
Le Roi, la sienne nue, et bravant tous les coups,
De la destruction provoque le courroux.

(Les vents sifflent, la pluie tombe par torrents, des éclairs sillon-
nent le ciel, et d'affreux coups de tonnerre se font entendre. Paraît
Léar s'écriant :)

Allons, enfants d'Eole, encore un peu plus fort!
Que votre joue enfin crève à force d'effort!
Cataracte, ouvre-toi! que le chêne superbe
Sous l'amas de tes flots se cache ainsi que l'herbe!
Et toi, qui de la mort murmures les accents,
Foudre, du monde entier abats les fondements,

4

Détruis l'immense moule où renaît la nature,
Et replonge au néant l'homme ingrat et parjure.

(L'orage redouble.)

—Frappez tous à la fois, foudre, éclairs, pluie et vents,
Qu'ai-je à vous reprocher? Êtes-vous mes enfants?
Me devez-vous des soins et de la complaisance?
Ai-je sur vous des droits à la reconnaissance?
Quand vous ai-je souri, pressés contre mon cœur,
Caressés, réchauffés, donné biens et grandeur?
Frappez, frappez : Léar à vos coups s'abandonne,
Léar qu'environnait la majesté du trône,
Aujourd'hui pauvre, infirme, et contre vos torrents
N'ayant pour tout abri que quelques cheveux blancs.

(Au comte.)

—Tu trembles, mon garçon; moi, comme aussi je tremble!
Mets ta main dans la mienne, échauffons-nous ensemble.
Pas un seul brin de paille! oh! quel prix, quel grand prix
La nécessité donne aux choses de mépris!
Pauvre ami, va, pour toi, mon compagnon fidèle,
Mon cœur, tout froid qu'il est, conserve une étincelle.
—Triste effet du malheur! tout me délaisse ici :
De tant d'adulateurs, aucun ne m'a suivi.
Qui n'a rien à donner n'a près de lui personne :
On encense en un roi, non lui, mais sa couronne.

(Nouveaux coups de tonnerre.)

—Tremblez, vous qui, couverts de crimes ignorés,
Du glaive de Thémis vous croyez délivrés;

Vous, au front vertueux, mais à l'âme cupide
Et, suivant l'intérêt, ou fidèle ou perfide ;
Vous, magistrats vénals ; vous, corrupteurs des rois ;
Vous, rois foulant aux pieds les peuples et les lois ;
Vous surtout, vils ingrats, tremblez tous : la vengeance
Sur l'aile de la foudre apporte sa sentence.
Jamais à l'œil du ciel n'échappe le forfait.
—Moi, j'ai souffert du mal plus que je n'en ai fait.

(Une chaumière se découvre à la lueur des éclairs. Le comte presse
Léar de s'y réfugier, et ce prince, au lieu de lui répondre, continue
ainsi :)

. . . . . . O nuit épouvantable,
Combien d'infortunés ton inclémence accable !
Combien, ainsi que nous, sont à cette heure errants,
Sans secours et de faim exténués, mourants !
Hélas ! dans ma splendeur, trop souvent, je l'avoue,
J'ai méconnu ces gens que nous traitons de *boue*.
—Egoïsme sordide et plaisirs dévorants,
Aux leçons du malheur que n'êtes-vous présents !

(Le comte insiste : Seigneur, lui dit-il,)

Contre les éléments à quoi bon se raidir ?
La raison dans ce choc ne peut que s'affaiblir.

LÉAR.

Que m'est cette tempête, à tes yeux si terrible ?
Apprends qu'il en est une encore plus horrible,
Dont sans cesse et partout je serai poursuivi.

(Mettant la main sur son cœur.)

C'est là qu'elle est; contre elle il n'est aucun abri.
Non, non, tu ne sais pas tout ce que l'âme endure,
Quand des enfants… et quels? Ah! rien dans la nature,
Fût-il un composé de tous les scélérats,
N'est aussi monstrueux que des enfants ingrats.
—Me chasser, moi vieillard, leur bienfaiteur, leur père,
Quand la foudre et les vents se disputent la terre,
Quand, sur son char glacé, la nuit tremble d'effroi!
Que ne les puis-je un jour…! pardonne, ô ciel: qui moi,
Torturer mes enfants! jouir de leur souffrance!
Ah! Léar a d'un père encore l'indulgence.
—Régane, Gonerille, accourez, et soudain
A votre repentir s'ouvrira tout mon sein.
—Que dis-tu, malheureux? en vain tu les appelles:
Jamais le repentir ne descendra chez elles.
Jamais tes cris plaintifs n'iront jusqu'à leurs cœurs,
Et jamais vers tes bras ne se tendront les leurs.

◉⧓◉

LE MAL.

Des mains de Dieu, dit-on, notre monde est sorti.
Je n'en crois rien, le Diable, à mon sens, l'a bâti.
Qu'y voit-on en effet? des crimes, des désastres.
Le bien est un roseau; le mal, un chêne altier,
Les pieds dans les enfers, la tête dans les astres,

Étendant ses rameaux sur l'univers entier.
Le temps qui détruit tout, le temps le fortifie ;
Plus sa sève vieillit, plus elle a d'énergie,
Enfin il est au monde à tel point adhérent,
Qu'il ne peut qu'avec lui rentrer dans le néant.

LE MILAN ET LES COLOMBES.

Un écumeur de l'air (car maître Satanas
A peuplé de brigands le haut comme le bas),
Déjà vieux, et partant peu rapide de l'aile,
Donnait en vain la chasse à la gent tourterelle.
Que fit-il ? Ce que fait tout débile assassin.
Il recourt à la ruse, et, d'un ton patelin :
Petites, leur dit-il, votre sort m'intéresse.
Être la douceur même, et trembloter sans cesse !
Telle vie est supplice. Il vous faut un appui :
Je vous offre le mien.—Crédule est l'innocence :
D'après elle toujours elle juge d'autrui.
On se livre au corsaire en toute confiance ;
Mais, à peine introduit au sein du colombier,
Notre conservateur le change en un charnier.

LE CRI D'UNE MÈRE.

Une dame en ses bras voit s'éteindre son fils.
C'était sa seule joie : elle se désespère.

Un bon religieux, croyant calmer ses cris :
Madame, lui dit-il, rappelez-vous ce père
Qui, n'ayant comme vous qu'un enfant pour appui,
Lève, à l'ordre de Dieu, son glaive contre lui.
—Dieu d'un ordre pareil chargea-t-il une mère?

LA TÊTE DE MORT.

Un soir (temps que choisit la fantasmagorie),
Un capucin prêchait sur la coquetterie.
D'abord, le révérend fait en mots doucereux
De tout son appareil le détail fastueux;
Puis, prenant par degrés une voix foudroyante :
Eh! pour qui tout ce fard, tous ces parfums divers?
Pour qui ces diamants, cette plume brillante?
Pour un front qui, dans peu, dévoré par les vers,
De ses adorateurs deviendra l'épouvante.
Oui, mortels que séduit l'éclat de la beauté,
Regardez : la voilà, votre divinité.
Il dit, et tout-à-coup, pompeusement parée,
Se montre sur la chaire une tête de mort.
Qu'on juge de l'effroi! Pour l'augmenter encor,
Dans son intérieur il l'avait éclairée.

IMITATION D'HORACE.

Ô jeunesse ! ô beauté ! de quelle aile rapide
Vous emporte le temps, vautour toujours avide !
La vieillesse bientôt nous ride, nous flétrit,
Et nous livre sans force au trépas qui la suit.
Car, quel que soit le rang où le hasard nous jette,
Qu'il mette dans nos mains le sceptre ou la houlette,
Sur le seuil de la vie à peine sommes-nous,
Que du sceau de la mort nous sommes marqués tous.
En vain nous échappons aux fièvres de l'automne,
Au trident de Neptune, au glaive de Bellone,
Il faut qu'elle ait sa proie, et que, bon gré malgré,
Du Cocyte fangeux nous traversions le gué.
Adieu, femme adorable ou gentille maîtresse !
Adieu, parcs et châteaux, dignités et richesse !
Fussions-nous possesseurs d'un millier de forêts,
Un seul arbre nous suit : c'est le triste cyprès.

AUTRE IMITATION.

Quand pourrai-je, ô repos, savourer tes douceurs ?
S'écrie un nautonnier surpris par la tempête.
Mais les vents cessent-ils de siffler sur sa tête,
Son amour du repos fuit avec ses terreurs.
Quel métier que le mien, dit de même un ministre !

La grandeur, je le sens, ne vaut pas le repos.
Mais qu'un rival l'arrache à ses rudes travaux,
Le repos à ses yeux n'a rien que de sinistre.
Tel est l'homme : le vent de la cupidité
En fait un vain roseau constamment agité.
Qu'il monte ou qu'il descende, en quelque lieu qu'il aille,
A pied comme à cheval, escorté comme seul,
Toujours à ses côtés, le souci le tenaille,
Jusqu'à ce que la mort lui jette son linceul.

o✕o

LE SOMMEIL ÉTERNEL.

A côté du berceau le sort place la tombe ;
Le coucher de la vie est près de son lever.
A peine est-on debout qu'on chancelle, qu'on tombe,
Sans espoir que l'on puisse un jour se relever.
Le pré perd son émail, la forêt sa verdure.
Tout se fane, et la mort s'assied sur la nature.
Mais bientôt tout revit : les prés et les forêts
Sous un ciel rajeuni reprennent leurs attraits.
Une fois au cercueil, l'homme, hélas ! y demeure,
Et du réveil, pour lui, jamais ne sonne l'heure.

o✕o

L'ENFER.

Aux lieux où la mort règne, où tout est prolétaire (*),
Il est, nous dit Virgile, un immense repaire,
Creusé sous des rochers, ceint d'un triple rempart,
Et qu'un fleuve de feu défend de toute part.
Sur sa porte d'airain se lit cette sentence :
Mortel, qui que tu sois, laisse ici l'espérance.
Et de son sein, en proie à d'éternels tourments,
Sortent des cris affreux sans cesse renaissants.
Là, Rhadamante, armé d'un sceptre redoutable,
N'offre au crime tremblant qu'un front inexorable;
Là, tout est mis à nu, prince comme sujet :
Dans toute sa laideur le coupable apparaît.
Plus de refuge alors : vainement sur la terre
Aux regards de Thémis il a su se soustraire;
La peine le poursuit dans la nuit des tombeaux.
Le juste seul a droit au séjour du repos.

O combien de mortels, que le monde révère,
Se débattent, sanglants, sous le fouet de Mégère !

(*) Prolétaire (*proletarius*), mot qui, employé substantive-
ment, désignait les citoyens pauvres de Rome, qui ne four-
nissaient à la république que des enfants (*proles*) pour la
guerre. Il désigne de même, dans notre langue, la classe la
plus indigente du peuple.

Combien de potentats, soir et matin fessés,
Qui voyaient tous les fronts devant eux abaissés !
En vain ils font sonner et la rime et la prose,
Travaillant de concert à leur apothéose :
Qu'importe, dit Mégère en redoublant ses coups,
Que l'encens en nuage ait monté jusqu'à vous?
L'enfer se règle-t-il sur les vaines sornettes
Et de plats orateurs et de méchants poètes?
Le sceptre dans vos mains devait être un support :
Vous en avez, cruels, fait la faulx de la mort.
Des pleurs, du sang, voilà votre boisson chérie !
Eh bien ! saturez-vous.—A ces mots, la Furie
Les plonge plusieurs fois dans un lac effrayant,
Que forment des damnés et les pleurs et le sang.
Près d'eux sont leurs flatteurs, valetaille titrée,
Qui toujours des palais embarrasse l'entrée,
Avide d'or surtout. Aussi là leur fait-on
D'or fondu tous les jours avaler un bouillon.

Là, sont encor livrés à différents supplices :
Ceux qui des voluptés font leurs seules délices ;
L'escroc qui, d'un salon de dorure brillant,
Rit de son créancier à sa porte expirant ;
Le joueur à l'hospice envoyant sa famille ;
La mère trafiquant des charmes de sa fille ;
L'avocat qui, séduit par l'or ou la beauté,
Du langage des lois corrompt la pureté ;

Le philanthrope, au cœur glacé de bienfaisance,
En discours fastueux secourant l'indigence;
L'hypocrite, l'ingrat qui, de fiel tout pétri,
Déchire, affreux serpent, le sein qui l'a nourri;
Les époux profanant la couche nuptiale;
Le séducteur au crime entraînant la Vestale;
Le traître à son pays; le contempteur des Dieux;
L'égoiste en lui seul concentrant tous ses vœux;
L'écrivain qui, sans honte, avilissant sa verve,
Ose à tous les pouvoirs prostituer Minerve;
L'avide cumulard de places et d'écus,
Sautant pour les Tarquins, sautant pour les Brutus;
L'infâme délateur, le farouche Séïde,
Qui lève sur son prince une main parricide....
Je m'arrête : cent voix, cent poitrines de fer
Ne me suffiraient pas pour nommer tout l'enfer.

◦✕◦

J'AI VU L'IMPIE, etc.

Ibat adoratus terris regnator iniquus,
    Parque cedri tollens grande per astra caput.
Olli parebat fulmen, victæque jacebant
    Sub pedibus gentes. Transeo; nullus erat.

◦✕◦

LA ROYAUTÉ.

Mon fils, disait un roi dont s'honore la France,
La royauté n'est point une propriété,
Un bien dont nous puissions user à volonté :
C'est une charge. Au Dieu d'où vient toute puissance,
Et qui sur tous nos faits a constamment les yeux,
Nous en rendrons un jour un compte rigoureux.

✦✧✦

LE TRÉSOR DES ROIS.

Veut-on dormir en paix sur le lit des grandeurs,
Il faut des gouvernés thésauriser les cœurs.
D'un nombreux satellite en vain on se hérisse :
A travers lance et dard le noir souci se glisse,
Pénètre jusqu'au trône, et sur lui vient s'asseoir.
Quelque brillant qu'il soit, qu'est alors le pouvoir?

✦✧✦

LA CONFESSION.

Mon enfant, dit au loup un vieux lion dévot,
Il faut te confesser et faire pénitence;
Dès long-temps, je le sais, tu sens fort le fagot,
Mais indulgence suit sincère repentance.
—Seigneur, répond le loup, je n'en disconviens pas,

D'un mauvais garnement j'ai toute l'apparence,
Car moutons dérobés composent mes repas.
Mais de mon père aussi c'était la subsistance,
C'était celle du sien, celle de ses ayeux.
Suis-je donc criminel en vivant ainsi qu'eux,
En me servant d'un droit qui tient à notre essence?
—Nullement, mon enfant; mais, comme un peu glouton,
Du *Pater* une fois tu diras l'oraison.

Puis, passant au renard : Grand croqueur de volaille,
Dis ton *Confiteor* et demande pardon.
—Pardon de quoi, Seigneur? Suis-je un renard de paille?
Volaille est au renard ce qu'au loup est mouton.
Mon droit, comme le sien, remonte au premier âge.
Chapons furent croqués par tous mes ascendants,
Et chapons le seront par tous mes descendants.
La faute en est au ciel, si je fais du dommage.
—Que dis-tu là, mon fils? pour ta punition,
Du *Pater* une fois tu diras l'oraison.

L'âne ensuite s'avance, et laissant toute excuse :
De trois péchés, dit-il, mon père, je m'accuse.
Dans un fossé fangeux du mauvais foin gisait :
J'en pris une bouchée.—Etait-il à ton maître?
—Personne pour son bien ne le reconnaissait.
—N'importe, c'est un vol, tout léger qu'il semble être.
—Dans la cour d'un couvent, près d'un vieux mur en bois,
De mon ventre trop plein j'ai déchargé le poids;

Puis, les moines chantant, je me suis mis à braire.
—Comment! peu satisfait d'infecter des lieux saints,
Oser, vil animal, troubler des chants divins!
J'entends déjà du ciel murmurer la colère.
Venez, loup et renard, venez : que loin de nous
Le sang de cet impie en détourne les coups.

(Extrait d'un ancien sermon en latin.)

o✠o

LE VILAIN EN PARADIS.

Toujours à ses côtés, me disait père Aubert,
Vieux gardien d'un couvent bâti par Dagobert,
On a, quand on trépasse, un diable ou bien un ange,
Quelquefois tous les deux, épiant avec art
L'âme du moribond au moment du départ.
Un beau jour cependant, par un cas bien étrange,
Un vilain (mais aussi, qu'était-ce qu'un vilain?)
Partit de ce bas monde avec tant de silence,
Qu'Astarot ni Michel, rôdeurs au nez si fin,
N'eurent de sa sortie aucune connaissance.
Le voilà donc lancé tout au milieu de l'air,
Sans guide et ne sachant où loger sa personne.
Près de lui, par hasard, passe, comme un éclair,
L'archange Gabriel, emportant une nonne.
Il le suit aussitôt, et, presque au même instant,
Gagne, d'un vol léger, la demeure divine.

Saint Pierre d'un salut honore la béguine;
Mais, d'un œil dédaigneux toisant notre manant :
Halte-là! lui dit-il d'un ton brusque et sauvage,
Crois-tu qu'on entre ici comme en un cabaret?
Apprends que de ma porte on n'obtient le passage
Qu'à l'aide d'un patron ou du moins d'un billet.
—Vous le prenez bien haut pour un ci-devant traître,
Répond le villageois à l'auguste portier.
Lorsque dans le malheur on délaissa son maître,
Que trois fois sous ses yeux on l'osa renier,
On devrait pour autrui montrer plus d'indulgence.
Que seriez-vous si Dieu n'eût usé de clémence?

Ce langage imprévu coupe au saint le sifflet.
La foudre aurait sur lui produit un moindre effet.

Chez lui, dans ce moment (c'était jour de férie),
Se trouvaient réunis saint Paul et saint Thomas,
Le coude sur la table, et, comme vieux soldats,
Se contant les travaux de leur mortelle vie,
Tout en trinquant d'un vin qu'Aï n'égale pas.
—Quel est donc l'insolent, dit Thomas de sa place,
Qui se permet chez nous une pareille audace?
De quel droit d'être ici réclame-t-il l'honneur?
Vient-il comme martyr ou comme confesseur?
—Las! répond le vilain, ne suis ni l'un ni l'autre,
Mais de ces bons chrétiens qui, sans nul examen,
A tout ce qu'on leur dit vont répondant *amen*;

Partant bien différent de ce fameux apôtre,
Qui ne crut que son maître était ressuscité,
Quoiqu'il en eût déjà mainte preuve évidente,
Que quand, d'un œil avide et d'un doigt effronté,
Il eut bien parcouru sa plaie encor saignante.

Et voilà mons Thomas qui, sans dire un seul mot,
Baisse la tête et fait le pendant de Saint-Pierre.
Mais Paul de s'élancer, d'empoigner le maraud,
De l'envoyer plus loin frapper du nez la terre.
Le maraud se relève. — Ah! dit-il, voilà bien
Ce Saul qui, le premier, versa le sang chrétien.
Combien de temps encor il aurait fait des siennes,
Si la foudre du ciel ne l'avait arrêté!
Allez, je vous connais, monseigneur l'emporté,
Bien que je ne sois point parent des bons Etiennes.

O de la vérité prodige surprenant!
Paul, le superbe Paul fuit devant un manant :
Chacun le suit, hormis le malin satirique,
Qui, par un saint effroi sur le seuil retenu,
N'ose, tout en riant de leur air abattu,
De la victoire encore entonner le cantique.
Nos saints ne vont pas loin : ils rencontrent Jésus,
Qui, non moins simple ici qu'il était sur la terre,
Le front sans diadème et la main sans tonnerre,
Causait en cheminant avec quelques élus.
A leur maître aussitôt ils racontent l'affaire,

Ayant soin (car partout on suit les mêmes us)
D'appuyer sur les torts de leur faible adversaire.
Mais Jésus, toujours bon et toujours indulgent,
Avant de prononcer va voir le délinquant,
D'un juge toutefois prenant le ton sévère.
—Ah ! lui dit celui-ci, les deux genoux en terre :
Que n'avez-vous, Seigneur, vu comme ils m'ont reçu !
Doit-on, parce qu'on brille, être sans politesse?
L'un d'eux jusques au geste est même descendu.
Je croyais dans les saints plus de délicatesse,
Surtout dans ceux sur qui pèsent de certains faits
Qui devraient sur autrui les rendre circonspects.
Partout, faute d'appui, n'est-on que chose vile?
Quoi, même dans le ciel ne pas trouver d'asile !
Eh ! compte-t-on pour rien tout ce que j'ai souffert?
Le pays d'où je sors pour moi fut un enfer.
Né vilain, et partant, quoique je fusse un homme,
Un peu moins estimé qu'une bête de somme,
Cachant dans la poussière un front fait pour les cieux,
N'ayant pour toit qu'un trou, pour grabat qu'une paille,
Nourrissant des oisifs qui m'appelaient canaille,
Jouet enfin de sots qui ne sonnaient qu'ayeux,
Je me suis, soixante ans, traîné dans la souffrance;
Mais, au milieu des maux dont je fus assailli,
De vous, ô bon Jésus, j'eus toujours souvenance;
Jamais je ne vous ai renié ni trahi,
Jamais je n'ai douté, jamais sabré personne.

Je labourais : la mort tout-à-coup me moissonne.
Ne laissant pas un sou, je n'eus de mon pasteur
Pas un seul *oremus*, pas une seule antienne;
Mon corps, je ne sais où, gît sans le moindre honneur.
Que voulez-vous, grand Dieu, que mon âme devienne?
Enfin le villageois plaida tant et si bien,
Que contre les trois saints il gagna son affaire.
Ainsi vous le voyez, ajouta le gardien,
Là-haut comme ici-bas bon bec est nécessaire.

LE PAS D'ANE.

Un quidam, dont l'esprit était des plus étroits,
Errait, le dos baissé, dans un champ de verdure.
Que cherchez-vous ici, lui demande un matois?
—Du pas-d'âne : ce champ à peine m'en procure.
—Eh bien ! mon cher monsieur, retournez sur vos pas :
Je vous le garantis, vous n'en manquerez pas.

LA PLAINTE INJUSTE.

Il est des êtres nés sous un astre prospère,
Disait à sa moitié le riche et ladre Hilaire.
L'or pleut chez mon voisin : de l'univers entier
Ce fortuné Crésus est, je crois, l'héritier.

Mais nul legs de mon bien ne recule la borne,
Et le diable allât-il où vont les trépassés,
Je n'aurais pas de lui la plus petite corne.
—Eh, bon Dieu ! mon ami, n'en as-tu pas assez ?

LE DISTRAIT.

D'une jeune beauté qui se nommait Laville
Un chanteur déjà mûr était le professeur ;
Mais, quelque mûr qu'on soit, il est bien difficile
D'instruire une Vénus et de garder son cœur.
Quelle voix ! disait-il, combien elle est flexible !
Comme soudain du tendre elle passe au terrible !
Et puis quels traits ! quel teint ! elle ornerait les cieux.
Ah ! monsieur l'Abailard, lui dit sa sœur Lucille,
En donnant vos leçons, bien distraits sont vos yeux :
L'un est aux champs, et l'autre est tourné vers la ville.

Adieu, Muse : dans peu je compte te revoir,
Si de mes jours encor se prolonge le soir.

LOISIRS D'UN VIEILLARD.

Troisième Partie.

Grâce aux soins dont mon fils entoure ma vieillesse,
Je crois pouvoir encor faire un tour au Permesse.
Reviens, Muse, ô ma joie, ô mes seules amours,
Reviens, et de ton bras prête-moi le secours.

LES PLATS.

Un lord quêtait des voix. — Je compte sur la vôtre,
Dit-il à maître Pierre en lui serrant la main.
Jamais, vous le savez, on ne m'oblige en vain,
Et mon œil vous distingue au-delà de tout autre.
Or, maître Pierre était un fils de saint Crépin,
Sans façon, et sachant plus que sa patenôtre.
—De vous asseoir, milord, ayez donc la bonté.
Prenez ce pot de bière : allons, à ma santé !

Le lord fait la grimace ; enfin il se décide.
—A votre santé, Pierre ! et tout le pot se vide.
—Vous fumez?—Quelquefois.—Bon ! ce cigare-là,
Achevez-le, milord. Et milord l'acheva.
—Lors, le poing sur le flanc : Hors d'ici, lâche insigne !
Dit d'un ton dédaigneux le superbe artisan.
Toi, lord ! toi, devenir notre représentant !
Eh ! d'être cordonnier tu n'es pas même digne !

Toujours laborieux, quoique très à son aise,
A trier son charbon s'occupait maître Blaise,
Quand chez lui se présente un certain élégant,
Chapeau bas et le dos en arc se repliant.
On touchait à l'époque où s'ouvrent les comices,
Epoque où vont de pair boutiquiers et patrices.
—Monsieur, que voulez-vous, dit le citoyen-roi?
—Que vous daigniez, monsieur, jeter les yeux sur moi,
M'honorer...—Ah ! j'entends ; mais un préliminaire
Pour obtenir ma voix est ici nécessaire.
Tout postulant, dit-on, baise la main d'un grand.
Je suis grand aujourd'hui : je veux par conséquent
Que, bien que de charbon ma main soit toute noire,
De la baiser, monsieur, on se fasse une gloire.
—Monsieur..—Oubliez-vous qu'un grand est très-entier?
Allons.—Puisqu'il le faut...—Homme vil, en arrière !

Qui descend à baiser la main d'un charbonnier ,
D'un ministre à genoux baisera le derrière.

⊙✕⊙

CONTRASTE.

Notre peuple avant nous , disait un saint Louis (*) :
C'est pour lui qu'en nos mains le sceptre fut remis.
Le pouvoir avant tout , disent nos budgétaires :
Son devoir est d'abord de faire ses affaires ;
Le vôtre est de payer, que vous ayez ou non.
Nous voulons vos écus, non votre affection.
Sur l'or seul aujourd'hui toute grandeur se fonde :
La caisse de Plutus est le trône du monde.

⊙✕⊙

L'ESPRIT.

Quel homme, cadédis, que le centrier Bonde !
J'entends dire partout qu'en esprit il abonde.
—Gardez-vous d'en douter : à tel point il en a,
Et de sa qualité l'excellence est si grande,
Qu'il n'est pas à Paris d'épicier qui n'en vende,
Et que moi, tous les jours j'en fais mon *gloria.*

(*) Dans un ancien cérémonial du sacre était une oraison
qui se terminait ainsi : *Quatenùs non ad suam , sed ad totius
sibi subditi populi utilitatem regnare videatur.*

LE BATON.

Au rang de maréchal promu par la faveur,
Un duc, qui n'avait vu que les champs d'Idalie,
Fit un jour, au sujet d'une plaisanterie,
De cent coups de bâton menacer son auteur (*).
—Tant mieux ! dit celui-ci : du moins ce personnage
Aura de son bâton fait une fois usage.

✦✦✦

LES PEINTRES.

A faire un saint Louis maint peintre travailla ;
Mais sans être achevé le saint se délaissa.
Ah ! comme, dit alors une aimable Sophie (**),
Le mot *gueux comme un peintre* ici se vérifie !
Ces pauvres gens n'ont pu, quoiqu'au nombre de six,
Faire entre eux cinq louis.

✦✦✦

LA CONDUITE DIFFICILE.

Chez nos voisins un prince à quatorze ans gouverne,
Disait une matrone au satirique Sterne ,

(*) Linguet, avocat et littérateur célèbre, né à Rheims.
(**) Sophie Arnould, actrice de l'Opéra.

Et, pour qu'il prenne femme, il faut que du printemps
Il ait vu dix-huit fois renaître les présents.
—C'est, répond le docteur, qu'il est, ma chère dame,
Plus aisé de conduire un état qu'une femme.

○✜○

LE FILET.

Fils d'un simple pêcheur, un humble cardinal
Faisait toujours servir un filet sur sa table ;
Mais, un matin porté sur le trône papal,
Le soir il renvoya le filet vénérable.
—Qu'on le serre, dit-il, et qu'il repose en paix.
Je viens de prendre enfin ce que je désirais.

○✜○

LE MARCHAND DU PARADIS.

Jean vingt-deux, au rapport d'une foule d'écrits,
A prix fixe et comptant vendait le Paradis (*).

(*) Après la mort de Jean XXII, on trouva, dit-on, dans le
trésor de l'église d'Avignon, en or monnoyé, la valeur de
dix-huit millions de florins, et de plus, en vaisselle, croix,
couronnes, mitres et autres joyaux d'or et de pierres pré-
cieuses, la valeur de sept millions, faisant en tout vingt-cinq
millions de florins d'or.
L'épigramme ci-dessus est une imitation de celle-ci, com-

Il y monte un beau jour, s'en croyant encor maître,
Et de la tête aux pieds en pape revêtu.
Mais Pierre, sans ouvrir, lui dit de sa fenêtre :
Passez votre chemin : bien vendu, bien perdu.

LE PARVENU.

Un riche fournisseur, autrefois domestique,
Traversait à grand bruit une place publique,
Superbe, et d'un ministre étalant tout le train.
Tiens, crie à sa voisine une grosse fruitière,
Qui soudain reconnaît notre antique Frontin,
Ce n'est tout simplement qu'un ci-devant derrière.

posée, en latin, par un nommé Cordus, luthérien, contre le
pape Jules II.

Mortuus ad superam divorum Julius aulam
   Venerat, et clausas viderat esse fores ;
Insertasque diù versans hinc indèque claves :
   Non, ait, hæc cœli, quæ fuit ante, sera est.
Janitor ut crepitum Petrus audiit, obvius exit,
   Et quare veniat, quis sit et undè, rogat.
Auratum ille pedum monstrans triplicemque coronam :
   Non summum agnoscis, perfide, pontificem ?
Tum Petrus : Hùc, dixit, tibi non succedere fas est.
   Quod quis vendiderit, non putet esse suum.
                 (Lib. II Epig., p. 118.)

5

LA POLITESSE.

Il en est de la politesse
Comme des charmes des Laïs :
C'est un vernis dont la richesse
En impose aux yeux éblouis.
Mais gardons-nous de la détruire :
Que de gens, s'ils n'étaient polis,
Révolteraient qui les admire !

LES AUTEURS.

C'est un rude métier que celui d'écrivain ;
Beaucoup de savants même y perdent leur latin.
Courir après la gloire est chose assez vulgaire ;
Car qui ne se croit pas digne de ses faveurs ?
Mais la saisir est rare, et sur mille coureurs,
Neuf cent nonante-neuf roulent dans la poussière.
Aussi, combien d'auteurs n'ont-ils d'autre séjour
Qu'un trou voisin des lieux où les chats font l'amour !

LE MÉTROMANE.

Vous demeurez bien haut, disait un financier
A certain métromane occupant un grenier.

—Pouvez-vous bien, Monsieur, me faire un tel reproche?
Du séjour qu'habitent les Dieux
Ne faut-il pas que je m'approche,
Moi qui suis nuit et jour en commerce avec eux?

⊙✕⊙

CROMWELL.

Vive Cromwell! criait une foule innombrable,
Un jour qu'il traversait je ne sais quel canton.
—Mon général, lui dit le colonel Irton,
Voilà, je crois, un cri pour vous bien agréable.
—Pour moi! Qu'à la potence on me mène demain,
Meure Cromwell! sera leur unique refrain.

⊙✕⊙

L'ÉPIGRAMME ROYALE.

Un de nos anciens rois parcourait la Neustrie.
Partout arcs triomphaux, chemins jonchés de fleurs,
Grand concours, cris de joie et discours louangeurs.
—Que votre Majesté de ce peuple est chérie!
Lui dit pendant la route un de ses courtisans!
—Oubliez-vous, Monsieur, que ce sont des Normands?

⊙✕⊙

LE TESTAMENT.

Une dame, d'un rang au-dessus du vulgaire,
Chez elle pour tester fait venir un notaire;
Mes volontés, dit-elle en lui montrant son chien,
Sont que cet animal hérite tout mon bien.
Vous êtes stupéfait! écrivez, je vous prie,
C'est justice, Monsieur, et non bizarrerie.
Au physique, au moral, les hommes sont mauvais,
Ce que l'on fait pour eux n'excite que regrets :
Amants, vous les trouvez, ou faibles, ou perfides;
Amis, ils sont tous faux, tous vénals, tous cupides.
Point de reconnaissance et de fidélité :
L'amour-propre, voilà leur seule qualité.
Mais quel chien est ingrat? quel chien est égoïste?
Du gueux comme du riche il suit toujours la piste.
Pour lui l'habit n'est rien, et, couvert de haillons,
On lui plaît tout autant que brillant de cordons.
La mort même, il la brave, et d'une haleine tendre
De son maître au tombeau vient réchauffer la cendre.

LES AVE.

Vieilli par les plaisirs avant le temps prescrit,
Infirme et maudissant ce qu'il avait bénit,
Un directeur de cour, pour pénitence entière,

A certain libertin imposait cinq *Ave*.
—Cinq *Ave* seulement ! y pensez-vous, mon père ?
—Ah ! mon fils, lui répond le souffreteux abbé,
Ne vous donnez-vous pas vous-même assez de peines ?
Toujours la volupté porte avec soi ses fruits.
J'ai vécu comme vous, et voyez où j'en suis :
Comme moi, quelque jour vous paierez vos fredaines.

LE TABLEAU.

A l'hôtel de la Bourse un tableau se vendait :
C'était un âne en pied, mais artistement fait.
—A combien ?—A six francs, dit un porte-béquille.
—Six francs ! quelle pitié ! s'écrie un chapeau blanc.
Vingt écus.—Je le cède : il serait indécent
D'enlever à Monsieur un tableau de famille.

LE LANGAGE INCONVENANT.

Le facteur Nicodème et le fiacre Joseph
S'envoyaient l'un à l'autre et des *b* et des *f*.
—Messieurs, dit un passant aux formes assez piètres,
Laissez ces mots grossiers à nous autres pieds-plats.
Est-ce à vous homme en place, à vous homme de lettres,
Qu'il convient de tenir un langage aussi bas ?

VÉRITÉ.

Dans ses productions la nature est bizarre :
Où brille la beauté, l'esprit parfois est rare,
Quand souvent il abonde où manquent les attraits.
D'où vient dans la nature une telle réserve?
—C'est que femme à la fois et Vénus et Minerve
D'un soleil trop brûlant produirait les effets.

○✕○

SAINT PIERRE ET DEUX MARIS.

Malheureux dans ce monde, un mari va dans l'autre
Demander à saint Pierre une place d'élu.
Mon ami, lui répond le débonnaire apôtre,
Pour te la procurer, quels mérites as-tu?
—Hélas! pour mes péchés j'ai pris, jeune, une femme
Qui tempêtait encor lorsque je rendais l'âme.
—Entre, et près de Laurent va t'asseoir son égal :
Ce fut un gril pour toi que le lit conjugal.
Au moment où le saint s'exprimait de la sorte,
Vient un docteur criant : Seigneur, il l'est pour tous;
Qui le sait mieux que moi, qui fus trois fois époux?
—Trois fois époux! dit Pierre en lui fermant la porte :
Le Paradis n'est pas une maison de fous.

○✕○

L'EAU ET LA BARQUE.

Un prince, dont le nom est cher à son pays (*),
Sur une barque un jour était avec ses fils.
—Mes enfants, leur disait cet excellent monarque,
Qui supporte ce bois si frêle et si léger?
Une eau qui tout-à-coup le pourrait submerger.
Eh bien! l'eau c'est le peuple, et le prince est la barque.

L'APPRÉCIATION.

Honneur à nos Solons! Le Français s'apprécie,
Non d'après ce qu'il est, mais d'après ce qu'il a.
—Combien avez-vous?—Tant.—Bon! mon cher, touchez là.
Au banquet social le pouvoir vous convie.
Quant à toi qui n'as rien, qui n'es qu'un paria,
Hors d'ici! pour le pauvre il n'est pas de patrie.

LE POUVOIR DE LA POÉSIE.

Qui jamais eût connu, sans la lyre d'Homère,
Priam, Hector, Ulysse, Achille, Agamemmon?

(*) Taï-Tsoug, 3e empereur de la Chine, de la 13e dynastie,
vers l'an 630.

Avant eux ont vécu mille foudres de guerre;
Mais, faute des accents d'un enfant d'Apollon,
Une éternelle nuit a couvert leur poussière.
Quelque illustre qu'il fût, un héros non chanté
Est comme si jamais il n'avait existé (*).

o><o

ORIGINE DES LANGUES ITALIENNE ET ALLEMANDE.

Un Germain apprenait la langue de Boccace,
Et dans chaque leçon puisait un goût nouveau.
Vous le voyez, signor, lui dit le maëstro,
Cette langue a pour soi la douceur et la grâce :
L'oreille avec plaisir transmet ses sons au cœur.
Ah! combien du toscan le tudesque diffère!
Dieu s'en servit, je crois, quand sa juste fureur
A la porte d'Eden mît notre premier père.
—Cela se peut, et moi je pense que Satan,
Pour capter sa moitié, se servit du toscan.

(*) *Vixere fortes ante Agamemnona*
Multi, sed omnes illacrymabiles
Urgentur ignotique longâ
Nocte, carent quia vate sacro.

(HOR., Od., l. IV.)

LAURETTE MALADE.

Laurette se mourait. Quelqu'un lui dit : Madame,
Songez, il en est temps, au salut de votre âme.
—J'y songe aussi : qu'on aille au couvent Saint-Sauveur
Demander père Herbin, mon digne confesseur.
Un valet d'y courir, d'agiter la sonnette.
—Qui diable peut ainsi, dit un frère en ouvrant,
A l'heure du dîner troubler tout le couvent?
Qui veux-tu? — Père Herbin, confesseur de Laurette.
—Eh! va-t'en le chercher parmi les trépassés :
Il est là confessant depuis dix ans passés.

⊙⌖⊙

LE BONNET.

Devant un grand concours de femmes composé
(Peu d'hommes au sermon assistent d'ordinaire),
Un fils de Loyola, dans son art très-versé,
Du geste et de la voix foudroyait l'adultère.
—A ce point, disait-il, outrager un mari!
Lui donner des enfants dont il n'est pas le père!
Quel crime abominable! Heureusement ici
Femmes de telles mœurs ne se rencontrent guère.
Mais que vois-je? ô surprise! en croirai-je mes yeux?
Une de son aspect profane ces saints lieux.
Je la connais : nommons, oui, nommons la faussaire.

5*

C'est, mes sœurs... (et les sœurs d'être tout en émoi)
Mais non, la charité m'ordonne le silence,
Ajoute-t-il d'un ton qui calme un peu l'effroi.
Tout criminel chez nous a droit à l'indulgence :
Sur elle seulement jetons notre bonnet.
Et d'un bras menaçant il l'agite en effet.
La pâleur sur le front, tout le troupeau se baisse.
—Grand Dieu ! s'écrie alors le malin prédicant,
Je ne croyais ici voir qu'une pécheresse,
Et Satan s'est, hélas ! glissé dans plus de cent.

LE MARIAGE.

Fille qui se marie en grand danger s'engage.
Qu'on mette dans un sac un œuf frais et cent vieux :
Il est à parier cent contre un qu'au tirage
Viendront avant le frais presque tous les vieux œufs.
Il en est de nos jours ainsi du mariage :
A peine sur un cent il s'en trouve un d'heureux.

LA CLOCHE.

De reprendre un mari je sens, Monsieur, l'urgence,
Dit à son vieux curé la veuve d'un meunier.
Il me faut un support, et mon garçon Laurence

Mieux que le défunt même entend notre métier.
—Eh bien ! mariez-vous.—Mais j'ai la quarantaine,
Et Laurence, je crois, à vingt-cinq touche à peine :
Femme vieille, dit-on, pèse à jeune mari.
—Eh bien ! veuve restez.—Mais, Monsieur, grâce à lui,
Des chalands tous les jours augmente l'affluence ;
Qu'il parte : tout ira bientôt en décadence.
—Eh bien ! mariez-vous.—Mais j'appréhende aussi
Qu'une fois de valet devenu mon mari,
Il ne fasse de moi sa très-humble servante ;
Car tout menton barbu prétend être obéi,
Et pour femme c'est là chose bien attristante.
—Eh bien ! veuve restez.—Un *mais* se ripostait,
Quand enfin le pasteur, arrêtant son caquet :
Puisqu'ainsi, lui dit-il, votre esprit toujours cloche,
De l'église, Madame, interrogeons la cloche ;
D'une oreille attentive écoutez-en le son.
—La cloche de sonner, l'amour de faire entendre :
Prends-vite ton garçon, prends vite ton garçon.
Et partant, la meunière aussitôt de le prendre.
Mais hélas ! à son dam : comme elle l'avait craint,
De maîtresse bientôt servante elle devint.
Chez le pasteur alors elle court éplorée,
Se plaint et d'imposteur traite son carillon.
—Eh ! pourquoi, par l'amour à cette heure égarée,
En avez-vous si mal interprété le son !
Écoutez.—Et la cloche est remise en volée.

—Eh bien ! que chante-t-elle?—Ah ! dit la désolée,
Ne prends pas ton garçon, ne prends pas ton garçon.
La passion rend sourd : ce n'est que dans l'abîme
Que l'oreille revient à sa triste victime (*).

(*) Cette historiette , ainsi que celle de la Confession, est
tirée d'un des sermons de Raulin, chanoine de Paris, qui
mourut à Clany, en 1497. Dans ce temps-là les prédicateurs
ornaient leurs sermons d'une broderie souvent peu délicate :
telle est celle-ci , qui se trouve dans une prédication sur
saint Jean-Baptiste, et dont je ne puis donner qu'un abrégé :
*Zacharias veniens de oratione mutus , intravit domum
suam, et non potuit loqui uxori, nec petere debitum verbo sed
signis. Et admirans Elizabeth dicebat : Hay, hay, hay Do-
mine, benedictus Deus , quid habetis? quid accidit vobis?
nihil sciens de annuntiatione Angeli. Et cepit eam inter
brachia. Cogitate qualiter Elizabeth antiqua mirabatur.
Sed finaliter videns voluntatem viri sui , consensit. Nota hìc
quòd ex quo sunt in matrimonio, unus debet alteri consentire,
sive sint juvenes, sive senes ; nec debet alter se excusare aliquâ
fictâ devotione; alias damnat se et alium. Ideò Apostolus :
Uxori vir debitum reddat, similiter et uxor viro* (Corinth. 17).
(Ici se trouve intercalé un conte qui a donné lieu au *Calen-
drier des Vieillards* de Boccace.) *Ideò Elizabeth, licet esset
devota, sancta et antiqua, ex quo requirebatur à viro, consensit et concepit ab eo. Transactis tribus mensibus , venter
intumuit, et dicebat ipsa : Hay misera, quid est hoc? numquid
essem hydropica? Finaliter cognovit quòd erat gravida. De
hoc sancta Elizabeth multum verecundabatur, in tantum
quod dicit Lucas , quòd occultavit se mensibus quinque. Co-*

OUI ET NON.

(Cette pièce n'est point de moi; j'en ignore l'auteur. J'ai cru devoir la placer à la suite de la précédente, vu qu'elle est une consultation sur le même sujet. Peut-être la trouvera-t-on un peu grivoise; mais honni soit qui mal y pense !)

Je viens vous consulter, compère,
Sur un point des plus délicats.
Je veux me marier, Lucas :
Me conseillez-vous de le faire?
—Eh! oui, mariez-vous, Colas.
—Si j'allais faire une sottise?
Si, quand j'aurai sauté le pas,
J'en allais enrager tout bas?
Parlez-moi donc avec franchise.
—Eh bien! ne vous mariez pas.
—J'en ai cependant grande envie.
Mon amoureuse est si jolie!
C'est Babet, la fille à Thomas.
Morgué! je l'aime à la folie.
—Ah! ah! mariez-vous, Colas.
—Oui, mais de ma femme peut-être

gito ego quòd fecit sibi amplas hopulandas ut absconderet partum, timens ne gentes dicerent : Ecce, licet sit devota, tamen adhuc vacat libidini.

(Vincent FERRIER.)

Un grivois lorgnant les appas....
J'honore le coc.., Lucas,
Mais pour rien je ne voudrais l'être.
—Oh! ne vous mariez donc pas.
—Fort bien. Les bras croisés, je gèle
La nuit tout seul entre deux draps.
Si j'avais Babet dans mes bras,
Jarni! je pense qu'avec elle
Je ne...—Mariez-vous, Colas.
—Mais si Babet du haut en bas
Me traite et fait le diable à quatre,
Moi qui n'aime point les débats,
Je serai forcé de la battre.
—J'entends : ne vous mariez pas.
—Aussi, quel plaisir quand on baise
Deux ou trois marmots gros et gras
De sa façon....! j'en mourrais d'aise.
—Allons, mariez-vous, Colas.
—Mais si ma femme trop féconde
En mettait dix ou douze au monde,
Voici bien un autre embarras.
—Peste! ne vous mariez pas.
—Ecoutez donc, Lucas, j'espère
Que, quand je serai vieux et las,
Ces enfans nourriront leur père.
—C'est vrai : mariez-vous, Colas.
—Mais la mort, qui frappe à toute heure,

N'a qu'à me rendre veuf, hélas!
Compère, il faudra que je meure..
—Parbleu! ne vous mariez pas.
—Adieu. Peste du gros Lucas!
Or çà, Messieurs les avocats,
Conseillez-moi donc, je vous prie;
A loisir discutez le cas:
En attendant je me marie.

L'EMPEREUR JULIEN.

Seigneur, dit une femme à l'empereur Julien,
Mon mari me maltraite et mange tout mon bien.
Du matin jusqu'au soir il est à la taverne,
Et, lorsqu'à la maison il lui plaît de rentrer,
C'est un diable : il voudrait au plus tôt m'enterrer.
—Que nous importe? En rien cela ne nous concerne..
—Ah! Seigneur, sans respect pour votre majesté,
De son fiel sur vous-même il répand l'âpreté :
S'il vous peint, c'est toujours sous une couleur terne..
—Que vous importe? en rien cela ne vous concerne.

LE GASCON.

Certain Gascon à pied voyageait en vrai sage,
Le gousset assez plat et l'estomac à jeun,

Chansonnant toutefois, et, suivant son usage,
Comptant bien en chemin vivre sur le commun.
Pédestrement aussi, mais la bourse garnie,
Cheminait à vingt pas un jeune villageois,
De son endroit encor n'ayant vu que les toits.
On se joint, on s'aborde, on va de compagnie.
Un bouchon se présente : on entre, et le Gascon
Demande sur-le-champ du vin et du jambon ;
Mais il ne restait plus qu'un flacon dans la tonne,
Et trois œufs seulement garnissaient le buffet.
C'est bien peu, dit alors l'enfant de la Garonne,
Mais n'importe, et soudain le voilà qui d'un trait,
Sans daigner consulter la soif du camarade,
Fait du flacon entier une seule rasade ;
Puis se donnant deux œufs : Mon ami, choisissez.
—Choisir !—Eh ! oui, sandis ! ou prenez, ou laissez.

o✕o

LA PERDRIX.

Eveillé dès l'aurore, un sage en méditant
Dirigeait vers un bois sa marche grave et lente.
Là des milliers d'oiseaux, d'arbre en arbre volant,
Saluaient du soleil la lumière naissante.
Il arrive, et partout où son pied retentit,
L'alarme se répand, le chant cesse, tout fuit.
—Qui produit cet effet? est-ce notre figure,

Dit le sage surpris, ou bien notre nature?
Il s'enfonce, à ces mots, au sein de la forêt,
Le pied silencieux et l'oreille attentive.
Voici que jusqu'à lui vient une voix plaintive,
Qui d'un épais taillis en sons faibles sortait.
Il approche, il écoute.—O ma tendre couvée,
Murmure une perdrix qui s'y tenait cachée !
A l'abri du vautour nous reposons ici;
Mais le vautour n'est pas notre seul ennemi.
Il en est un surtout beaucoup plus redoutable :
C'est l'homme. Dans les airs, dans les bois, dans les eaux,
Ce cruel, pour remplir son ventre insatiable,
Sans cesse, une arme en main, poursuit les animaux.
Les services n'ont rien qui le rendent sensible :
En vain de sa toison la brebis le revêt,
La génisse lui donne un salutaire lait,
Et le bœuf dans ses champs trace un sillon pénible,
Bœuf, génisse, brebis, tout passe sous sa dent.
Pouvons-nous l'éviter, nous son mets succulent ?

CRÉSUS.

Ménippe (*) débarquait aux bords silencieux
Qu'environne trois fois un fleuve craint des Dieux.

(*) Philosophe cynique. (Voy. les *Dialogues des Morts* de Lucien.)

Il aperçoit Crésus plaintif et solitaire,
N'ayant rien de l'éclat qu'il avait sur la terre.
Où sont donc tes trésors, lui dit-il, ô grand roi?
Te voilà nu, sans suite et plus pauvre que moi?
Je viens du moins ici chargé de ma besace;
Mais pas même un lambeau ne couvre ta carcasse.
Un fumier est ton lit, et, pour comble de maux,
Le regret de ton or te ronge encor les os.

◑❈◐

LA RARETÉ.

O mille fois heureux qui, simple dans ses mœurs,
Se fait d'un bien modique une paisible aisance,
Et, sans les envier, voit ces grands possesseurs
Très-souvent indigents au sein de l'opulence!
Mais l'homme est si bien fait, que ce sage, dit-on,
Ainsi que le phénix n'existe que de nom.

◑❈◐

AUTRE RARETÉ.

De l'Etat à vingt ans diriger le timon,
C'est bien scabreux, disait à son prince un barbon.
Il conviendrait, Seigneur, que vous prissiez sept guides,
Bien probes, bien humains, bien justes, point cupides,
Ne voyant que l'état, jamais leurs intérêts,

Et d'un œil paternel couvrant prince et sujets.
—A ce sage conseil je ne puis que souscrire,
Répond le jeune roi; je dirai même plus,
C'est que, si, dans mon vaste et populeux empire,
Vous pouvez me trouver, non sept individus,
Mais un seul qui soit tel que vous venez de dire,
Non-seulement pour guide il sera pris par moi,
Mais je descends du trône et le proclame roi.

LE MOINE ET LE CURÉ.

Un moine voyageait bien nippé, bien monté:
Il est dans un hameau par la nuit arrêté.
Point d'auberge: où descendre? Eh bien! dit le bon père,
Du curé sans façon allons chercher le toit.
Ainsi dit, ainsi fait. Le curé le reçoit,
Et pour le régaler passe son ordinaire;
Mais point d'argenterie, un service approchant
De celui dont jadis usait l'apôtre Pierre.
Le moine de son sac tire un couvert d'argent.
Le vœu de pauvreté, dit le pasteur antique,
Vous le faites, mon père, et moi je le pratique.

LES GRISETTES.

Joués par des beautés telles qu'on en voit tant,
Deux enfants d'Esculape à leur tour les jouèrent.
Le fait n'est pas très-beau, mais on le dit plaisant;
Je l'ai rimé. Voici comment ils procédèrent :

De danse, comme on sait, tout tendron est friand,
Et célèbre est le bal de la Grande-Chaumière (*);
Aussi chaque dimanche y voit-il d'ordinaire
L'élite des Phrynés du quartier enseignant.
Ils y vont ce jour-là, sûrs d'y trouver leurs belles,
Et les voilà bientôt s'abouchant avec elles.
Pas le moindre reproche et la moindre froideur :
On s'aborde d'un air et galant et flatteur,
On se donne le bras, on court, on saute, on chante,
Puis on danse, on galope, on banquette, en un mot
On prend tous les plaisirs que le local présente,
Sans songer que la nuit fait aussi son galop.

Déjà de son zénith descendait la déesse :
On se rajuste, on part.—Mais, dit une Lucrèce,
Il est bien tard, Messieurs. Comment rentrer chez nous?
A cette heure, la porte est close à deux verroux,
La gardienne est couchée, et la sempiternelle,
Ne le fût-elle pas, se garderait d'ouvrir.

(*) Guinguette à Paris sur le boulevard du Mont-Parnasse.

C'est toujours en rentrant une gamme nouvelle :
Rien n'est pire que gens qui ne peuvent jouir.
—Parer à ce malheur est chose très-facile,
Répond Charle : acceptez, princesses, notre asile.
Les princesses de rire, et, tout en disant non,
De se laisser chez eux entraîner sans façon.

Apprends ici, lecteur, que, cette nuit-là même,
Les perfides devaient partir pour le midi,
Et que chez un cousin, boulanger bien nanti,
Ils sont en attendant perchés dans un sixième.

Aux portes du cousin le quatuor touchait.
On fait halte. Un danger tout-à-coup se présente :
De quel œil en ouvrant les verra la servante ?
Telles gens à jaser ont le bec toujours prêt.
Ce qu'il faut éviter, c'est surtout que l'on glose :
Faute à moitié cachée est partout peu de chose.
—Mesdames, dit Adolphe, ici s'offre un moyen
De vous faire monter sans qu'on en sache rien.
Nous avons sous la main et panier et poulie ;
Deux minutes d'attente, et l'affaire est finie.
—Mais le panier, dit Rose...—Il est neuf, il est grand.
Sois sans crainte : le tout est très-bon, très-solide.

Il dit, et le marteau retentit à l'instant.
On ouvre : les amis montent d'un pas rapide ;
La poulie est en jeu, le grand panier descend,

Et voilà nos Phrynés dans les airs emportées,
Mais, hélas! dans les airs tout-à-coup arrêtées,
Puis, des cruels auteurs d'un complot aussi noir,
Recevant (quel outrage!) un ricanant bonsoir.

Qui pourrait exprimer l'état de ces pauvrettes?
Pour nous, à d'autres mains nous laissons ce tableau.
Le sombre convient mal à notre gai pinceau.

D'autres peines encore attendent nos grisettes.
Rarement la pitié suit femmes de ce rang.
Figure-toi, lecteur, la classe travaillante
Sortant de ses garnis à l'aurore naissante,
Ses yeux malins braqués sur le panier tremblant,
Ses houras, ses lazzis, son langage technique :
Jamais charivari ne fut aussi comique.
Mais de très-bonne pâte était le boulanger :
De leur gîte aérien il les fait déloger,
Les rappelle à la vie, attend que la cohue
De son flot turbulent débarrasse la rue.
Arrive ensuite un fiacre : il le paie, et sans bruit
Le couple tout confus regagne son réduit.

Quant à nos égrillards, déjà loin de Lutèce,
Du haut d'un Omnibus ils chantent leur prouesse.

LES BROUILLARDS.

Mon fils, disait un prince à l'aspect d'un brouillard,
A peine à quatre pas les objets se découvrent;
Mais (tant de nous tromper les courtisans ont l'art!)
Des brouillards plus épais incessamment nous couvrent.
Jamais sous son vrai jour nous n'apercevons rien,
Et nous faisons le mal croyant faire le bien.

(Louis XV.)

◦⫯◦

LE CUISINIER.

Un prince régalait sa courtisanerie.
Décrire le gala, ce serait minutie :
Je vais droit à mon but.—Echauffé par Bacchus :
Demandez, dit le prince à ses joyeux convives,
A Comus aujourd'hui je veux joindre Plutus.
Mains de cour sont toujours à recevoir actives.
Demandes de pleuvoir, dons de suivre à l'instant,
Et *vivat !* de frapper l'air au loin résonnant.
Arrive alors le chef de la gent culinaire.
—Que veux-tu? dit le roi.—Sire, un bien petit don.
De votre cuisinier daignez faire un ânon.
—De rires, à ces mots, éclate un long tonnerre :
Ainsi rirent les dieux, nous dit le bon Homère,
A l'aspect de Vulcain se faisant échanson.

—Mais lui, sans s'émouvoir : O le meilleur des princes,
Tant d'ânes, grâce à vous, ont le poil si lustré,
Que, quand je ne serais qu'un ânon des plus minces,
D'un ample picotin je serais assuré.

LE FRANÇAIS D'AUJOURD'HUI.

Ah ! de l'ancien Français que le nouveau diffère !
Plutus a de nos bords banni la loyauté,
   Et partant la gaîté.
Le rire habite peu sur lèvre financière.
Jadis le bon Bacchus pétillait de chaleur ;
Chansonnettes sans art jaillissaient de son cœur.
   Aujourd'hui pruderie
   S'assied sur son tonneau,
Et de gaudrioler qui se permet l'envie
   N'est plus qu'un Ramponneau.
   Aussi de tempérance
Il s'établit, dit-on, une société,
Qui du jus de la vigne ordonne la défense,
Comme pervertissant la frêle humanité.
L'âge d'or n'est-il pas l'âge de l'innocence ?

L'ESCALIER.

Un quidam, qui jadis n'avait pas dix écus,
S'était fait un palais digne d'un Lucullus.
Il en était tout fier, et, d'un air de jactance,
En faisait à chacun admirer l'élégance.
Remarquez, disait-il à l'avocat Turpin,
Cette cour, ce perron, ce salon, cet ensemble.
Qu'en dites-vous, monsieur?—Superbe!—Et que vous semble
L'escalier dérobé qui conduit au jardin?
—Au reste de l'hôtel cet escalier ressemble.

☉☒☉

LE VRAI BIEN.

Partout où du destin nous jette le caprice,
Que le peuple commande ou qu'un chef l'asservisse,
Soyons indépendants. C'est le bien le plus beau,
Et cependant celui que le moins on recherche.
Ici, sur les honneurs l'ambitieux se perche,
Mais toujours agité, toujours faible roseau,
Intimidé lui-même alors qu'il intimide,
Et tombant au moment qu'il se croit très-solide.
Là, tout riche qu'il est, pauvre encore à ses yeux,
L'avide commerçant brave Eole et Neptune;
Mais, las de son audace, un beau matin ces dieux
A l'aspect du port même emportent sa fortune.

6

Celui-ci, tout entier aux fumets de Comus,
Se fait le vil basset d'un altier Lucullus;
Celui-là, sur le sein d'une impure Glycère,
S'inocule, à prix d'or, l'opprobre et la misère.
Pour être libre, il faut se contenter de peu,
S'en tenir, quels qu'ils soient, à son pot, à son feu.

❀✕❀

LES JURONS.

Le petit père André, vrai Scarron de la chaire,
Par trois jurons un jour commença son sermon.
Sans Dieu! par Dieu! mort Dieu! cria-t-il en colère;
Et l'auditoire entier de frémir à ce ton.
Mes frères, reprit-il, sans Dieu jamais le monde
Ne se fût élancé de la nuit du néant;
Par Dieu, du haut du ciel, un astre bienfaisant
Communique à la terre une chaleur féconde,
Et la pomme d'Adam, si Dieu n'était pas mort,
De son funeste jus nous souillerait encor (*).

(*) Of man's first disobedience and the fruit
    Of that forbidden tree, whose mortal taste
    Brought death into the world and all our woe
    With loss of Eden, til on greater Man
    Restore us and regain the blissful seat,
    Sing, heavenly muse.

                      (MILTON.)

SAINTE CÉCILE.

Chacun a son plaisir : moi, j'aime les légendes,
Bien qu'en elles ma foi ne soit pas des plus grandes.

Un chansonnier de rue, assez suivi jadis,
Etait en vieillissant tombé dans la détresse,
Accident ordinaire aux gens de cette espèce,
Dont le bouchon du coin absorbe les profits.
Pour qui n'a pas le sou le monde est un Ténare.
Il appelle la mort, mais la mort est bizarre :
Elle saisit à table un épais financier,
Et laisse sur la paille un Irus aboyer.
Que faire quand sa voix vainement la réclame?
Lui-même de ses jours coupera-t-il la trame?
La misère dit oui, la nature dit non.
Sainte Cécile alors lui revient en mémoire.
A vingt pas de son gîte était un oratoire :
Sancta Cecilia se lisait au fronton.
Il s'y rend, s'agenouille aux pieds de sa statue,
De la tête au talon richement revêtue,
Et lui fait de son sort un tableau si touchant,
Que la bonne Cécile (ô merveille inouïe!)
De l'un de ses souliers soudain le gratifie.
Jugez de ses transports : le soulier est d'argent.
Il court chez un changeur conter son aventure;
Mais les marchands d'écus sont de croyance dure :

Il est traité d'escroc, comme tel empoigné,
Traduit devant Thémis, à la hart condamné,

Déjà vers la potence, au même instant dressée,
Il marchait à travers une foule empressée,
Ayant autour de lui moine, sbire et bourreau,
Et portant à son cou le funeste cordeau.
Mais voilà qu'un grand cri dans l'air au loin résonne :
Arrêtez : qu'on le mène aux pieds de sa patronne,
Tout s'émeut : le supplice aussitôt se suspend.
C'est du ciel, se dit-on, que cet ordre descend,
Il s'exécute donc. O merveille nouvelle !
A peine le vieillard dans le temple paraît,
Que, sur son piédestal, s'agitant de plus belle,
De son autre soulier la sainte se défait,
Mais avec tant de force, ajoute la légende,
Que du changeur, mêlé parmi les assistants,
Elle aplatit le nez, elle casse les dents.
Sainte ou non, de vengeance une femme est friande,
Le peuple d'applaudir, de crier à l'envi :
Vivent sainte Cécile et son chantre chéri !

❀✠❀

LA VEUVE.

Eglé perd son époux, et la voilà soudain
S'arrachant les cheveux, se meurtrissant le sein.

Quel malheur ! disait-elle ; ah ! jamais dans mon âme
Le temps n'effacera ni ses traits ni ma flamme.
Plus de plaisir : le sort a d'un crêpe sanglant
Voilé pour moi le jour naguère si brillant.
Le lendemain, chez elle arrive à l'improviste
Un ami du défunt. Que trouve-t-il ? Eglé
Avec un jouvenceau jouant à l'écarté.
—Comment, madame, vous, ces jours derniers si triste !
—Je l'étais en effet, mais monsieur est venu ;
J'ai joué mon chagrin, et d'un coup l'ai perdu.

o⌘o

DIALOGUE D'HORACE ET DE LYDIE.

HORACE.

Lorsque je régnais seul sur le cœur de Lydie ,
Que ses bras caressants ne s'ouvraient que pour moi,
Quel était mon bonheur ! et comme sans envie
Je voyais ces palais où souvent tremble un roi !

LYDIE.

Lorsque j'étais d'Horace uniquement chérie,
Que Lydie à ses yeux sur Chloé l'emportait ,
Quel était mon éclat ! comme le nom d'Ilie (*),
Tout immortel qu'il est , près du mien pâlissait !

HORACE.

J'aime aujourd'hui Chloé, cette Chloé si belle ,

(*) La mère de Romulus.

Dont on vante partout et la lyre et la voix.
Son cœur brûle pour moi, comme le mien pour elle.
A la mort pour Chloé je volerais vingt fois.

LYDIE.

Aujourd'hui Calaïs a toute ma tendresse,
Calaïs dont la flamme à la mienne répond,
Et cent fois (tant Vénus à ses jours m'intéresse!)
Des miens pour Calaïs je ferais l'abandon.

HORACE.

Mais si l'amour vers toi ramenait ton volage,
Si de cette Chloé je secouais les fers,
Si, regrettant des nœuds qui me furent si chers,
De mon cœur à tes pieds je rapportais l'hommage....

LYDIE.

Oh! alors, mon Horace, oh! dans quel doux émoi,
Bien que du dieu du jour Calaïs soit l'image,
Et toi plus que Neptune irascible et volage,
Avec toi je vivrais, je mourrais avec toi!

(Od. IX, l. III.)

o✕o

LA BOSSE.

D'une bosse en naissant nature nous pourvoit,
Mais par-derrière : ainsi nul porteur ne la voit.

Lorsque, nous étalant toute son étendue,
Celle d'autrui se montre en plein à notre vue :
De là vient que chacun, satisfait de son lot,
Dans celui du voisin n'aperçoit que défaut.

○※○

LE COCHER.

De venir avec moi te sens-tu bien le cœur?
Disait à son cocher un éternel coureur.
—Moi, vous quitter, monsieur! ah! j'en suis incapable.
Je vous suivrai partout, même au logis du Diable.
—Jusque-là?—Je le jure.—Eh! songe donc, Thibaut,
Qu'il n'est pas dans le monde un logis aussi chaud,
Et que, comme occupant le devant de la chaise,
Te voilà le premier entré dans la fournaise.
—Non pas : arrivés là, je vous descends alors.
Je me connais : mon poste est de rester dehors.

○※○

LA BIBLIOTHÈQUE.

Un bossu d'un haut rang (car, qu'il soit haut ou bas,
Aux caprices du sort le rang ne peut soustraire)
Avait une manie aux grands très-ordinaire :
C'était de se targuer de goûts qu'il n'avait pas.
Chez lui brillait surtout une longue série

De livres précieux recueillis à grands frais.
On en parlait un jour devant une Sophie,
Qui n'était pas moins riche en esprit qu'en attraits (*).
—De sa bosse, messieurs, elle a la destinée :
Jamais de ses regards elle n'est honorée.

o☆o

LES EFFETS DE L'AGE.

Toujours au coin du feu, ma bonne dame Alozef
—L'inclémence du temps en est surtout la cause.
—Mais à peine sent-on le retour de l'hiver.
—A peine! mon voisin, vous êtes donc de fer.
Le vent est glacial. Ah! vous avez beau dire,
Des frimas tous les ans la marche sombre empire.
Ils ne sont plus les jours qu'en mon printemps je vis :
Automne, hiver, été, tout est changé depuis.
—Voisine, permettez : ce changement extrême
Ne s'est-il pas plutôt opéré dans vous-même?
—La chère était plus saine; on banquetait bien mieux.
—L'appétit donne aux mets un goût délicieux.
—Qu'on était leste! à peine on touchait à la terre.
—C'est qu'alors vous aviez la jambe plus légère.
—Les bals étaient plus gais.—C'est que vous y dansiez.
—Les cercles plus brillants.—C'est que vous y chantiez.

(*) Sophie Arnould.

—Les hommes d'un esprit plus galant, plus aimable.
—C'est qu'une rose et vous , c'était chose semblable.
—Les champs plus animés, l'air plus pur ; le matin
D'un plus tendre rayon fécondait la prairie.
—C'est que dans ce bon temps les marmots d'Idalie
D'une aile caressante échauffaient votre sein.
Allons, de la raison. Convenez, ma voisine ,
Qu'avec l'âge chez nous tout prend une autre mine ,
Et partant que, soumise à la commune loi,
C'est bien vous qui changez, et non pas la nature.
—Si j'avais mes vingt ans, tout autre, j'en suis sûre,
Serait votre langage. — Ah, morbleu ! je le croi.

o✕o

IMITATIONS DE VIRGILE.

(Enée , après avoir séduit Didon , fait des préparatifs de départ. La
reine l'apprend : elle a d'abord recours aux prières et aux larmes ; mais
ce touchant langage étant sans effet, elle s'écrie furieuse :)

Toi , Troyen ! toi, sorti du sang de Dardanus !
Toi, barbare, le fils de la tendre Vénus !
Non, le roc le plus dur te conçut dans ses veines,
Et tu suças le lait des féroces hyènes.
Car de dissimuler quel fruit me reviendrait ?
Ai-je à craindre de lui quelque nouveau forfait ?
Le perfide m'a-t-il accordé quelques larmes ?
A-t-il un seul instant gémi de mes alarmes,

Tourné vers moi les yeux, pris pitié de mes jours,
Lui dans qui j'avais mis mes plus chères amours?
Que dis-je? quand lui seul cause mon infortune,
Il ose encor traiter ma plainte d'importune !
Il ose, non content de me percer le sein,
M'accabler, quand je meurs, du poids de son dédain !
Et je le vois debout ! et le dieu du tonnerre
Le laisse vers le ciel lever sa tête altière !
Et l'appui de l'hymen, la sévère Junon,
N'a pas au même instant puni sa trahison !

Fugitif, ne sachant où reposer sa tête,
Il est dans mes états jeté par la tempête :
Je l'accueille ; je sauve et vaisseaux et sujets ;
J'épuise en sa faveur la coupe des bienfaits.
Je fais plus : sur son front je mets mon diadème ;
Il a tout, et mon sceptre, et mon cœur, et moi-même;
Et, lorsque mes bontés ont passé son espoir,
Il me fuit, et des dieux m'objecte le vouloir.
Mais, ingrat, si toujours du nom de l'Hespérie
Les immortels frappaient ton oreille ravie,
Pourquoi donc, te jouant de mon crédule cœur,
M'ouvrais-tu de sang-froid le chemin de l'erreur?
Si, comme passager, tu touchais la Lybie,
Pourquoi tant de serments d'y consacrer ta vie?
Devais-tu de l'hymen usurper tous les droits,
Lorsque tu ne pouvais en accepter les lois?

Va, tu n'es qu'un cafard qui, pour remplir tes vues,
Feins toujours au besoin des dieux tombés des nues,
Qui ne rêves qu'oracle, et des regards du ciel
Te dis effrontément l'objet continuel.

Eh bien! puisqu'aujourd'hui, par la voix de Mercure,
Jupiter, à t'ouïr, t'ordonne le parjure,
Puisque, de leurs tombeaux sortant toutes les nuits,
Les morts, si tu ne pars, t'assiégent de leurs cris!
Cours chercher, à travers les ondes écumantes,
Cet empire lointain que sans cesse tu vantes.
Mais, je l'espère enfin, ces dieux que si souvent
Ta bouche impure atteste et ton vil cœur dément,
Las du rôle honteux que partout tu leur prêtes,
Déjà de ma vengeance ont chargé les tempêtes.
Oui, puisse ton vaisseau, contre un écueil brisé,
Voler en mille éclats sur l'onde dispersé!
Puisse-tus, suspendu sur d'affreux précipices,
Vivant, et du Tartare éprouvant les supplices,
De tes longs hurlements épouvanter les flots,
Et du nom de Didon fatiguer les échos!
Absente, je te suis, non tendre, non sensible,
Mais la torche à la main, mais sanglante et terrible.
Ne crois pas m'échapper: même après mon trépas,
A toute heure, en tous lieux, je m'attache à tes pas.
Oui, tu seras, perfide, à mille maux en proie,
Et ma cendre à leur bruit tressaillira de joie.

Du lit de son époux l'Aurore s'échappait,
Et de ses premiers feux la nuit s'éclaircissait.
Didon, l'esprit toujours occupé du perfide,
D'une tour sur la rive abaisse un œil avide.
Plus de Troyens : de loin elle voit leurs vaisseaux
Rasant d'un vol égal la surface des eaux.
Aussitôt sa fureur, un instant comprimée,
Se réveille, s'élance encor plus enflammée.
—Quoi donc! impunément il m'abandonnera,
Ce maudit étranger que l'enfer m'envoya!
Il bravera mon sceptre, et, superbe et tranquille,
Il rira, le cruel, de ma fureur stérile!
Des torches, Tyriens : allez, courez, volez,
Que ses vaisseaux et lui soient sous mes yeux brûlés.
—Que dis-tu, malheureuse? et quel transport t'égare!
Tout ton cœur se soulève au nom seul du barbare.
Mais qu'en espérais-tu du jour où, sans pudeur,
De ton sceptre à ses pieds tu ravalas l'honneur?
—Le voilà donc, ô ciel! ce noble fils d'Anchise,
Si prôné, si vanté pour sa rare franchise!
Le voilà, ce héros qui, du milieu des feux,
A sauvé, nous dit-on, et son père et ses dieux!
Eh! soudain je n'ai pas dans le sein du perfide
Enfoncé tout entier un acier homicide,
Déchiré, dispersé ses membres palpitants!
Je n'ai pas devant lui massacré tous ses gens!

Pas égorgé son fils! pas à ce misérable
Fait d'un enfant si cher un festin exécrable!
Mais la mort m'attendait; la mort! de quel effroi,
Lorsque je hais le jour, peut-elle être pour moi?
Oui, j'aurais dans son camp porté le fer, la flamme,
Immolé, lui, son fils, toute sa race infâme;
Puis, me perçant le sein sur le dernier Troyen,
Au sang de ces ingrats j'aurais mêlé le mien.
—Soleil, dont l'œil s'étend sur toute la nature;
Junon, témoin des maux que me cause un parjure;
Hécate, dont le nom, à grands cris évoqué,
Fait pâlir les flambeaux du séjour étoilé;
Filles de l'Achéron, si terribles au crime,
Ecoutez : que ma voix perce le sombre abîme ;
C'est celle d'une amante à son dernier moment,
Et d'une amante, hélas ! trahie indignement.
S'il faut que le cruel, en dépit de Borée,
Touche du Latium la rive désirée,
Si c'est de Jupiter l'immuable vouloir,
Eh bien! que Jupiter use de son pouvoir.
Mais qu'un peuple vaillant, mais qu'un nouvel Achille
A ce chef de bannis dispute son asile;
Qu'arraché de son fils, qu'errant de cours en cours,
Toujours tremblant, toujours mendiant des secours,
De ses meilleurs guerriers il pleure le carnage,
Et de son Latium maudisse le rivage;
Que, d'un trône usurpé fragile possesseur,

Il tombe tout-à-coup, il tombe sans honneur ;
Qu'il meure avant le jour marqué par la nature,
Et que des animaux son corps soit la pâture :
Voilà ce qu'en mourant lui lègue ma fureur.
Et toi, mon peuple aussi, prends le sien en horreur,
Voue à toute sa race une haine immortelle ;
Que jamais nul traité ne te ligue avec elle.
Du sang, toujours du sang : c'est le don le plus beau,
Le seul, ô Tyriens, digne de mon tombeau.
Puisse un jour un vengeur s'élever de ma cendre,
Et, le fer à la main, dans leurs foyers descendre !
Puissent dès aujourd'hui les deux peuples rivaux,
Opposés sur la terre, opposés sur les eaux,
Des saisons et des lieux dédaignant la rudesse,
Sans cesse se combattre et se chercher sans cesse !
Puisse leur haine enfin, transmise à leurs neveux,
Durer même au-delà du trépas de l'un d'eux !

❂✛❂

LAOCOON.

Les vents dormaient ; du haut de son trône d'azur,
Le dieu du jour sur nous dardait un rayon pur ;
Laocoon, alors que tout semblait propice,
Au souverain des eaux offrait un sacrifice.
Soudain de Ténédos (j'en tremble encor d'horreur)
S'élancent deux serpents d'une énorme longueur.

Ils pèsent sur la mer : l'onde écume, l'air crie,
Et d'effroi vers les bords la vague se replie.
De front, le cou dressé, tous deux à bonds égaux
De leurs corps sinueux déroulent les anneaux ;
Tous deux, l'œil enflammé, de leur langue vibrante
Lèchent, souillés de sang, une gueule sifflante.
Ils abordent : tout fuit. Le couple monstrueux
Droit à Laocoon bondit impétueux,
Saisit d'abord ses fils, jeunes enfants encore,
Se colle sur leur peau, l'arrache, la dévore.
Le père accourt, un dard arme son bras tremblant :
Sur lui d'un saut rapide ils fondent à l'instant,
Deux fois de leur longs plis par le milieu l'embrassent,
Deux fois autour du cou se courbent, s'entrelacent,
Le couvrent tout entier de sang et de poison,
Et s'élèvent vainqueurs au-dessus de son front.
L'infortuné mugit, et de sa chaîne affreuse
S'efforce de briser l'étreinte douloureuse.
Tel un taureau, frappé par un fer incertain,
Secoue avec fureur l'instrument assassin.
A la fin les cruels abandonnent leur proie,
Rassasiés, poussant des sifflements de joie ;
Puis, gagnant de Pallas le temple montueux,
Sous son long bouclier disparaissent tous deux.

LE MANTEAU.

Par le grand Frédéric aux trois quarts dépouillé,
Un prélat polonais lui venait rendre hommage.
—Aux diables *in petto* vous me donnez, je gage,
Dit le roi.—Nullement, je suis tout résigné.
—Ainsi sur son salut mon âme est rassurée :
Si le portier du ciel m'en refuse l'entrée,
Dessous votre manteau je me cache, et soudain
Me glisse inaperçu.—Vous l'espérez en vain :
Vous l'avez tant rogné, qu'il n'est plus qu'une bande
Qui ne saurait cacher la moindre contrebande.

⊙✕⊙

L'INTENDANT.

Ramire, je triple tes gages,
Dit un prince à son intendant;
Mais je veux que dorénavant
Tu renonces à tes pillages.
—A ce marché-là, monseigneur,
Je ne puis nullement souscrire,
Répond le candide Ramire :
J'y perdrais, sur mon honneur.

⊙✕⊙

LE VER-A-SOIE.

De la feuille des bénéfices
Un prélat de cour chargé

En abandonnait les épices
A certaine Lalagé,
De mine assez joliette,
Mais chétive et maigrelette (*).
Vraiment, dit un bel esprit,
Ce petit ver-à-soie étonne.
Être si frêle, lorsqu'il vit
Sur une feuille si bonne !

LE PORTIER.

Tu devrais bien te défaire,
Ma reine, de ton portier,
Disait un gros financier
A certaine bayadère.
—Vingt fois j'ai pensé le faire,
Lui répond la signora ;
Mais ce méchant portier-là,
Que voulez-vous? c'est mon père.

(*) Cette Lalagé était une danseuse de l'Opéra, nommée Guimard. Quant au prélat, je crois devoir taire son nom. Autant aujourd'hui l'épiscopat est digne de vénération, autant, à quelques exceptions près, il l'était peu sous Louis XV, la plupart de ses membres devant leur nomination aux Pompadour et aux Dubarry.

Premier Chant

DE LA CALLIPÉDIE,

Ou de l'art d'avoir de beaux Enfants,

TRADUCTION LIBRE DU LATIN DE QUILLET (*).

————◦═◦————

Je chante, non les rois, non ces foudres de guerre
Qui, pour de vains lauriers, vont dépeuplant la terre,
Mais l'art qui de l'hymen fait la félicité,
Celui de s'embellir dans sa postérité.

Vous, Grâces, vous, Amours, ornements de ce monde,
Et toi surtout, Vénus, noble fille de l'Onde,

(*) Le mot *Callipédie* est formé de deux mots grecs, καλος,
beau, παιδιον, *enfant*. L'auteur était ecclésiastique. Dans
sa 1re édition, il avait inséré six vers contre le cardinal
Mazarin. Ce ministre, loin de le punir, le manda auprès de
lui, et d'un ton plaintivement flatteur : « M. Quillet, lui dit-
il, quel sujet vous ai-je donné pour me traiter comme vous
l'avez fait dans votre admirable *Callipédie?* Malgré votre

Toi qui jadis des mains du phrygien Pâris
Reçus de la beauté le légitime prix,
Inspirez-moi des chants qui de ceux d'Idalie
Respirent la chaleur, rappellent l'harmonie,
Et qu'aujourd'hui d'un art puisé sur vos autels
En vers dignes de vous j'instruise les mortels.

Et vous, jeunes amants, qui, d'une ardeur égale,
Tentez, non sans danger, la course conjugale,
Que chatouille l'orgueil de renaître en des fils,
Vigoureux comme Alcide et beaux comme Adonis,
Ecoutez, et du myrthe ornez ma tête grise,
Si d'un utile vers votre oreille est éprise.

Et d'abord, sous quels traits s'offre-t-il à nos yeux,
Ce beau, l'objet constant de nos soins, de nos vœux?

procédé, j'ai toujours senti du côté du cœur quelque chose
qui me portait à vous demander votre amitié et à vous donner
des marques de la mienne. « Puis appelant l'évêque de Fréjus,
son confident : « Oudedei, lui dit-il, n'y a-t-il pas quelque
petite abbaye vacante qui puisse accommoder ce grand poète?»
L'évêque, qui avait concerté cette scène avec le cardinal,
répondit : « Oui, Monseigneur, il y en a une jolie de 400 pis-
toles, revenu bien venant.—Je vous la donne, M. Quillet,
répondit le cardinal : adieu, apprenez à ménager davantage
vos amis. » Aussitôt le poète fit imprimer une seconde édition, où les six vers satiriques se trouvèrent remplacés par
treize vers à la louange de Mazarin.

Choisit-il pour son trône ou le front ou la joue?
Est-il dans ces cheveux où la grâce se joue?
Sur ces lèvres toujours appelant le baiser?
Sur ce sein où l'Amour se plaît à reposer?
Il est partout : chacun le voit dans son amante.
Ici c'est la blancheur, là c'est le brun qu'on vante.
De blonds cheveux, Daphnis, t'enlacent de leurs nœuds;
De Tyrsis, au contraire, ils éteindraient les feux.
L'un brûle pour un œil qu'un vif azur colore,
Un autre pour un noir qu'un long sourcil décore.
Jusque dans ses amours portant son goût ventru,
Celui-ci ne fait cas que d'un tendron charnu;
Celui-là, tout-à-fait dépourvu de cervelle,
Veut un cou de girafe, une stature grêle :
Tant Vénus par l'erreur voit son culte troublé!
Tant par la passion l'esprit est aveuglé!

Si le beau dans la femme est aussi variable,
Dans l'homme également il n'offre rien de stable.
L'Africain, au teint noir, méprise la blancheur:
Des habitants du Styx c'est pour lui la couleur.
Un long nez est sacré sur les bords de l'Euphrate;
Sur ceux de la Néva, c'est un nez court qui flatte.
L'Espagnol basané rit de l'Anglais blondin.
Pourquoi sur la beauté cet esprit incertain?
Remonte à notre source, ô fille de Mémoire,
Et du monde naissant raconte-nous l'histoire.

Il s'était, à la voix du monarque des Dieux,
Elancé du Chaos, riche et majestueux,
Offrant dans son ensemble un concert magnifique,
Et partout attestant un architecte unique.
De l'éther le plus pur les cieux se nourrissaient ;
Dans des flots radieux les étoiles nageaient ;
L'onde était sans vapeurs, et les autans timides
Ne chargeaient pas les airs de montagnes humides.
Tu lançais, ô Phébus, tes feux dominateurs,
Sans qu'un voile altérât l'éclat de leurs couleurs,
Et ta sœur, sur tes pas, marchant en souveraine,
Des ombres de la nuit éclaircissait l'ébène ;
La terre se montrait hérissée au hasard
De plantes, d'animaux, de monts jetés sans art,
Mais belle quoique simple, et partout de la vie
Déployant dans sa fleur l'innocente énergie.
L'homme aussi s'élevait brillant de majesté,
Libre, et vivant sans lois au sein de l'équité.
Rien de ses jours heureux ne troublait le silence,
Ni l'éclat du pouvoir, ni l'or, ni la naissance.
Son livre était le ciel ; la candeur, son décors ;
Une grâce native animait tout son corps.
C'était le beau parfait : la main de l'harmonie
En avait elle-même uni chaque partie,
Et, purs comme son cœur, ses traits, son front, ses yeux,
Tout annonçait en lui le noble enfant des cieux.

Le Dieu qui, d'un sourcil, meut ce vaste assemblage,
Du séjour éternel contemplait son ouvrage.
A l'univers, dit-il, donnons son complément,
Et qu'il ait aujourd'hui son suprême ornement:
Qu'il possède une nymphe en qui soient réunies
De la terre et du ciel les beautés accomplies.
A peine a-t-il parlé, l'éther le plus brillant
En membres délicats s'arrondit et s'étend;
De l'or du blond Phébus la tête se couronne;
De sa sœur sur le front l'arc argenté rayonne,
Le teint a de l'Aurore et la rose et le lys;
De Vénus sur sa bouche est le tendre souris;
Dans le reste du corps tout Paphos s'insinue.
Alors le Dieu d'un souffle anime la statue,
Puis, une boîte en main, et d'un ton paternel :
O toi, que de ses dons vient de combler le ciel,
Pandore, lui dit-il, l'homme attend sa déesse.
Va du beau virginal lui montrer la richesse.
Il est digne de toi : rien encor de son cœur
N'a, tout léger qu'il est, altéré la candeur.
Son bonheur et le tien, tout est en ta puissance.
Du mal dans cette boîte est la triste semence :
Garde-toi de l'ouvrir; si tu l'oses jamais,
La terre, l'homme et toi, vous perdrez vos attraits.

Il dit, et par les vents mollement emportée,
Elle descend aux bords qu'habite Épiméthée;

Puis, bientôt des mortels parcourant le séjour,
Quoiqu'en dise un rêveur (*), se produit au grand jour.
Partout elle reçoit l'accueil d'une déesse.
La foule extasiée autour d'elle se presse :
L'œil qui la vit cent fois veut la revoir encor.
De ses cheveux flottants l'un fait remarquer l'or;
Un autre, de son front la blancheur et la grâce;
Un autre, le parfum que laisse au loin sa trace.
On dit que d'un tel feu sa beauté rayonnait,
Que sur le spectateur elle se réflétait.
Telle l'Aurore à l'humble et riante vallée
Communique l'éclat de sa pourpre émaillée;
Tels l'un et l'autre sexe, au temps de leur candeur,
D'un printemps éternel se prêtaient la fraîcheur.

Mais tout se pervertit : de l'humaine inconstance
La déesse éprouva la fatale influence,
Et, du maître des Dieux méprisant le conseil,
Elle-même au désordre osa donner l'éveil.
La boîte s'ouvre. O ciel! quel horrible nuage
Dans les airs aussitôt court porter le ravage!
Pandore en vain se cherche : un changement affreux
A d'un objet divin fait un objet hideux.
Moins rapide est l'effet de cette arme barbare
Que par la main d'un moine inventa le Ténare.

(*) Hésiode.

Sa joue a tout-à-coup perdu son incarnat;
Son front, toute sa gloire; et ses yeux, leur éclat.
Tout s'est évanoui; mais c'est peu : sur la terre
Déborde en même temps un essaim délétère,
Qui, pesant à la fois sur le corps et l'esprit,
De tourments et d'erreurs pour toujours les remplit.
De là du beau réel l'entière flétrissure.
Comment de son tombeau percer la nuit obscure?
Qui guidera mes pas? Astre puissant des jours,
De ton œil scrutateur prête-moi le secours.

De la peste en tous lieux coururent les ravages,
Mais un flot inégal inonda les rivages.
Ce fut dans ceux qu'attriste un pôle rigoureux,
Dans ceux qui du soleil subissent tous les feux,
Que s'exerça surtout sa cruelle énergie.
Aussi de la laideur s'y voit l'ignominie :
Là c'est un corps inerte, informe, ramassé,
Où se traîne à pas lents un sang toujours glacé;
Ici c'est un nez plat, une lèvre épaissie,
Un crin noir et laineux, une couleur de suie.
Fuyez donc, ô mortels qui, d'un ciel doux épris,
Cherchez de l'ancien beau quelques heureux débris;
Fuyez d'un pas égal les lieux voisins de l'Ourse,
Et ceux que le jour brûle au milieu de sa course.
(*) . . . .

(*) Ici l'auteur, né à Chinon , fait en l'honneur de ses com-

Touchez le sol français, ce sol que l'étranger
Jalouse, et pour le sien vient souvent échanger;
A qui du haut des airs Phébus aime à sourire,
Soit qu'il guide son char ou chante sur sa lyre;
Dont Mars n'est pas moins fier que la tendre Vénus,
Et que Flore et Cérès disputent à Bacchus.
Là s'offre à l'œil surpris l'image de Pandore.

Mais ce sol en beautés serait plus riche encore,
Si jamais au vil plomb l'or fin ne se mêlait,
Si l'autel de l'hymen ne se prostituait
A des êtres issus d'une origine impure,
Et d'affreux rejetons menaçant la nature.
De la couche d'un monstre, à Vénus même uni,
Il ne saurait sortir qu'un monstre comme lui.

Loin donc de cet autel tout être au corps débile,
Le podagre, le fou, ceux que ronge la bile,
Qu'épuise la phthisie, ou de qui le poumon
Succombe lentement sous la dent d'un poison,
Le malheureux enfin que roule, que tourmente
Du honteux mal sacré (*) la fureur écumante.

patriotes une digression que j'ai cru devoir passer, toute
charmante qu'elle est.
   (*) L'épilepsie.

7

Les travaux de l'hymen exigent des corps sains.
Mars remet-il son glaive à d'invalides mains,
Sachez (chose certaine autant que surprenante)
Que l'humeur, consacrée à former une plante,
Coule de tout le corps, et du sang paternel
Transmet dans les enfants le vice originel.
Voilà donc la douleur, avec eux combinée,
Dans le sein maternel filant leur destinée!
Les voilà donc déjà sous le poids d'un tourment,
Qu'ils ne déposeront qu'en rentrant au néant!
Combien d'infortunés, las de leur existence,
Maudissent jour et nuit l'instant de leur naissance,
Et fatiguent les Dieux d'un reproche éternel,
Quand un père malsain est le seul criminel!

Dans le choix des époux soyez donc difficile.
Un beau tableau sort-il d'une main inhabile?
Eh quoi! pour recueillir d'abondantes moissons,
Rien de frêle et d'impur n'est commis aux sillons,
On choisit avec soin; et la semence humaine,
On s'embarrasse peu qu'elle soit ou non saine!
Qu'importe dans quel sein et par quel ouvrier
Elle doit se répandre et se multiplier!
O démence! et de l'homme ignorez-vous l'essence?
N'est-il pas du Très-Haut la noble ressemblance?
Et quand de votre esprit rien n'arrête l'élan,
Qu'il dompte l'Aquilon, enchaîne l'Océan,

Maîtrise le ciel même, et, nouveau Prométhée,
Semble donner une âme à la toile enchantée,
Doit-il, lui qui descend du séjour lumineux,
Se jeter dans un corps déjà cadavéreux?

Protecteurs immortels d'une couche sacrée,
A tout profanateur défendez-en l'entrée :
Depuis assez long-temps d'invalides colons
Dans les champs de l'hymen tracent de vils sillons;
Que, délivrés enfin de racines pourries,
Ils ne se souillent plus de plantes rabougries.

C'est peu qu'à l'être impur l'hymen soit interdit;
Il est encore un point que la raison prescrit :
Que jamais à l'hiver le printemps ne s'unisse.
C'est aux jeunes époux que l'hymen est propice;
C'est pour eux que Junon allume ses flambeaux.
Tisiphone préside aux liens inégaux.
Voyez cette victime, à ce vieillard unie,
De sa bouche à regret subir l'ignominie;
Voyez-la de ses bras s'échapper tout en pleurs,
Et d'un stérile lit maudire les douleurs.
Telle l'Aurore aussi, rougissant de ses chaînes,
De l'impuissant Titon fuit les caresses vaines.
Les pleurs dont au matin elle arrose nos champs
Ne viennent pas d'un fils ravi dans son printemps,
Mais d'un époux semblable à cette tige antique
Que sans succès étreint un lierre famélique.

Heureux Atys! au sein de la mère des Dieux
Ta beauté n'alluma que de pudiques feux.
Si, te pressant en vain sur ses lèvres livides,
Elle t'eût fatigué de ses baisers arides,
Bientôt tu n'aurais plus, ainsi qu'elle épuisé,
Dans ses bras languissants laissé qu'un corps glacé.
Car un vieillard (telle est sa sécheresse ardente!)
Sans reprendre vigueur pompe une jeune plante.
Ainsi le Lybien voit ses sables brûlants,
Sans se désaltérer, boire de longs torrents.
Eh! quel fruit, quand d'ailleurs la source de la vie
Dans son hiver encor ne serait pas tarie;
Quel fruit résulterait du travail d'un barbon
A peine de la fleur humectant le bouton?
Un être qui, toujours et souffrant et débile,
Gémirait sous le poids d'une vie inutile.

Mais par l'intérêt seul tout se règle ici-bas :
Le sage a beau parler, on ne l'écoute pas.
Quel que soit un Crésus, traînât-il avec peine
De son corps récrépi la charpente incertaine,
Si d'un riche douaire il dote sa moitié,
On se l'arrache : il est couru, fêté, choyé;
C'est à qui le premier lui jettera sa fille,
En badigeonnera son antique famille.
Mais, ô père insensé, quel avenir t'attend!
Vois le chagrin s'asseoir sur ce lit opulent;

Vois cette tendre fleur se flétrir dans les larmes,
Le jour, comme la nuit, est pour elle sans charmes;
Point d'enfants ou d'affreux; des fureurs, des combats,
Où Vénus ne permet que les plus doux ébats.
Qui sait même, qui sait si de la foi jurée
L'épouse en ses transports ne se croit délivrée?
Car telle dans les bras d'un époux assorti
Eût été constamment un modèle accompli,
Qui, d'un vil intérêt victime infortunée,
A de son front d'airain fait rougir l'hyménée.
Chez le vieillard alors abondent les amis;
Chacun brigue l'honneur de lui donner un fils,
Jusqu'à ses valets même; et ses châteaux, ses terres,
Son or, pénible fruit des sueurs de ses pères,
Tout passe dans les mains de prétendus enfants,
De son lit outragé témoignages vivants.
Il faut à jeune épouse un époux qui soit jeune :
Jamais impunément une femme ne jeûne.

Que je le plains aussi, ce spectre féminin,
Dont un démon lubrique échauffe le déclin,
Et qui, déjà penché sur l'urne sépulcrale,
Veut ceindre un front jauni de la fleur conjugale !
Son souhait s'accomplit, on accepte sa main :
Le spectre est riche, et l'or est un vernis divin.
Mais, l'or pris, la laideur soudain se représente :
L'époux n'aperçoit plus que sa gorge pendante.

Son œil rouge et lippeux, sa couleur de safran,
Son estomac rongé par un rhume aboyant.
De Laïs en Laïs, son or en main, il vole.
Sur son lit isolé la vieille se désole.
En reproches d'abord elle épanche son cœur,
Puis, passant aux accès d'une noire fureur,
Appelle la vengeance, et, de sa main peut-être,
Fait couler le trépas dans les veines du traître.

De l'hymen au jeune âge abandonnons les champs;
Mais gardons-nous aussi de prévenir le temps.
Il faut que du liquide où nage notre vie
Dans nos membres d'abord s'étende l'énergie,
Qu'il les trempe, les dresse, et sur chacun enfin
De la maturité grave l'auguste seing;
Puis que, se condensant au fond de son organe,
Il y repose pur de toute humeur profane.
Aussi Thémis, toujours attentive à nos pas,
De Vénus à la femme interdit les combats,
Jusqu'au moment heureux où quinze fois pour elle
Phébus a terminé sa carrière annuelle.
C'est alors un arbuste et sain et vigoureux,
D'où ne peut s'élancer qu'un rameau généreux.
Sitôt que de son corps s'affermit l'édifice,
Un feu vif et nouveau dans ses veines se glisse;
Le sang s'accroît, fermente, et, conduit par Vénus,
D'un flot périodique inonde l'utérus,

Le sein aussi se gonfle, et de leurs tendres ailes
Les désirs amoureux effleurent les mamelles.
De même, dès l'instant où, prenant son aplomb,
L'homme voit sur son corps poindre un léger coton,
Il tressaille, et, bouillant d'une sève énergique,
D'une jeune beauté sent le besoin magique.
Voilà comme, à s'unir en naissant destinés,
Les sexes sont partout l'un vers l'autre entraînés.

LE CONSERVATEUR.

Le ministériel se dit conservateur.
—Conservateur de quoi? du pays? de l'honneur?
—Pas tout-à-fait. Il l'est *de l'ordre confortable*
Qui défend son hôtel, sa voiture, sa table.
Tout le pays est là. Je te vois rire : eh bien!
Pour aimer son pays, il faut s'y trouver bien (*).

TALLEYRAND, ÉVÊQUE D'AUTUN.

Dans le brillant salon d'une Anglaise carliste
Etait un beau portrait de l'ex-roi Charles-Dix.
Un diplomate, appui du trône orléaniste,
Entre et sur le portrait jette un regard surpris.

(*) Les vers soulignés sont extraits de la *Popularité*, comédie de Casimir Delavigne.

—Cômment, Monsieur, lui dit notre légitimiste,
Votre œil sur un tyran daigne ici s'arrêter !
—Madame, répond-il sans se déconcerter,
Si Charles d'un tyran eût eu le caractère,
Il n'habiterait pas une terre étrangère.

—

SON ÉPITAPHE.

Ci-gît qui trahit tout, autel, trône, patrie,
Et joua jusqu'au diable en sortant de la vie.

❂

A M. THIÉROT-GUILLAUME ET Mᵐᵉ Vᵉ BERTON.

La vie est à mon âge une lueur tremblante.
Puis-je demain compter sur l'aurore naissante?
Ainsi dès aujourd'hui recevez mes adieux,
O vous qui m'honorez de votre bienveillance,
Honneur dont je voudrais (tant il m'est précieux !)
Pendant vingt ans encore avoir la jouissance.
Car, bien que nébuleux soit l'hiver de nos jours,
Et quelque peu d'attraits que le monde présente,
Je suis de ces peureux, je le dis sans détours,
Que le rail-way du Styx aucunement ne tente.

(Saint-Thierry, 15 juin 1845.)

FIN.

RHEIMS, IMP. DE E. LUTON

www.ingramcontent.com/pod-product-compliance
Lightning Source LLC
Chambersburg PA
CBHW051151260626
47170CB00005B/2064